AF610357

# PORTES COCHÈRES

ET

PORTES D'ENTRÉES

DES

# MAISONS ET ÉDIFICES PUBLICS DE PARIS

LEVÉES, MESURÉES ET DESSINÉES PAR J. CH. KRAFFT, ARCHITECTE.

FORMANT LA PREMIÈRE PARTIE.

DES MAISONS DE PARIS PUBLIÉES PAR LE MÊME.

**Deuxième Édition**

Augmentée de dix planches offrant quatorze motifs différens de Portes dans le goût moderne, combinées soit avec Boutiques, soit avec des Entre-Sols ou des Balcons.

PARIS,

BANCE AINÉ,

ÉDITEUR D'OUVRAGES SUR LES ARTS, ET PRINCIPALEMENT SUR L'ARCHITECTURE ET LE DÉCOR.

Rue Saint-Denis, n. 271.

1838.

IMPRIMÉ CHEZ PAUL RENOUARD, RUE GARANCIÈRE, N. 5.

# AVANT-PROPOS.

Chaque siècle, chaque génération imprime à ses productions un caractère différent. Un besoin de changement, dans les choses même qui en sont le moins susceptibles, tourmente l'homme; et, depuis les objets les plus éphémères de son habillement, de son ameublement, de sa vaisselle, etc., et jusqu'à l'habitation qu'il doit léguer à ses descendans, tout éprouve, si ce n'est dans sa forme principale, qui a ses lois fixes souvent, du moins dans ses détails et ses accessoires, l'empire de cette mode dont le plus sage ne saurait absolument secouer le joug.

Mais l'esprit d'invention a ses limites; quand il a épuisé toutes les combinaisons possibles, sans s'en apercevoir il revient à ce qu'il avait abandonné, et recommence à parcourir des voies déjà battues. C'est ainsi que l'ARCHITECTURE, après avoir eu, avant la transmigration et la fusion des peuples, un caractere propre chez chacune des grandes nations, a fini par n'en plus avoir qu'un pour toutes quand les croyances chrétiennes eurent réunis en une seule et même famille la plupart des peuples de la terre. Les monumens religieux du style dit Gothique, qui ont couvert le sol de l'Europe pendant tant de siècles, sont encore là, en partie, pour témoigner de cette vérité; mais, si l'on examine dans leurs détails ces prodiges de science, de grandeur et de magnificence, on reconnaîtra combien le caractère particulier des peuples qui les élevèrent influa sur le caractère de leur décoration et de leurs accessoires, et quelle diversité règne dans l'uniformité de leurs parties constitutives. Il en est de même de la transformation opérée par les modernes des édifices admirables dus au génie des Grecs et des Romains. Chaque nation, tout en conservant le type primordial, en a modifié les parties selon ce qu'exigeaient son climat, ses habitudes, son goût particulier. De là ces innombrables constructions de toute espèce qui couvrent l'Italie, l'Allemagne, la France, l'Angleterre, la Russie même, dont les masses et le style indiquent une origine grecque ou romaine, et les détails des combinaisons toutes spéciales; de là cet air de ressemblance dans les monumens d'une même époque chez toutes les nations modernes qui parcoururent le même cercle à-peu-près dans le même temps, et la différence qui règne chez elles dans l'application de principes puisés à une même source.

Toutefois il est des beautés d'ensemble et des beautés de détail, qui ont été assez généralement respectées et reproduites. Pourquoi? Parce que l'éminemment beau, l'éminemment bien étant en quelque sorte une émanation divine, est de tous les siècles, de tous les pays, et ne peut s'effacer de la mémoire des hommes. Vainement la mode tentera-t-elle un moment d'en changer la forme; cette forme reparaitra bientôt et plus noble, et plus pure, et plus séduisante.

Ces considérations ont donné naissance au corps d'ouvrage dont nous reproduisons aujourd'hui deux des parties anciennement publiées, et qui étaient épuisées : les PORTES COCHÈRES et les MAISONS DE PARIS, publiées par J. Ch. Krafft.

Ce corps d'ouvrage a pour objet de conserver le souvenir des productions de tous genres relatives au bâtiment, c'est-à-dire à la construction, à la décoration extérieure et intérieure des édifices, à leur ameublement, etc., qui ont été exécutées en France pendant le demi-siècle qui vient de s'écouler, siècle si riche en inventions et en perfectionnemens, mais si mobile et si inconstant dans ses goûts. Les exemples qu'il renferme ayant été publiés successivement, à mesure qu'ils apparaissaient, et dans des recueils spéciaux livrés au public à des intervalles assez éloignés, ils présentent à l'esprit un tableau non moins curieux qu'instructif des variations de forme et de style que les artistes français ont fait subir aux mêmes objets depuis le règne de Louis XVI, époque de régénération pour les arts, jusqu'à l'avènement de Louis-Philippe Ier au trône, autre époque dont les arts n'auront pas moins de raison de se glorifier.

## PORTES COCHÈRES ET PORTES D'ENTRÉES.

La porte d'entrée principale d'un édifice en est en quelque sorte la préface, c'est par elle que l'on juge du caractère, de l'importance, de la destination du tout dont elle fait partie.

Il est certain que la maison d'un artisan qui s'annonce par une porte d'allée, ne donne pas du maître l'idée d'un homme élevé en dignités, ni même d'un homme opulent Mais, sans citer ces sortes de portes qui n'ont aucun caractère architectural, il est également certain que la porte cochère d'un riche banquier, lorsqu'il la fait décorer, ne doit pas ressembler à celle d'un hôtel de ministre, ni celle-ci à celle d'un palais ou d'un château ; celle d'une cour de justice ou d'un tribunal à celle d'un arsenal ou d'une manufacture, ni celle-ci à l'entrée d'une salle de bal ou de spectacle, non plus que ces dernières à celle d'une prison. Les portes d'entrée des parcs et des jardins doivent avoir aussi une physionomie différente de toutes celles-là, etc., etc.

Les portes doivent donc indispensablement porter le caractère distinctif et particulier du genre d'édifice auxquelles elles servent d'entrée, et présenter à l'esprit des spectateurs éclairés qui les examinent, la nature et l'espèce de bâtiment, et presque la dignité du maître, si c'est une maison d'habitation. La grandeur, la proportion élevée ou surbaissée, l'ordonnance sévère ou délicate, la richesse ou la simplicité des ornemens, les armoiries, les attributs ou les allégories, sont autant de moyens qui peuvent en constituer le caractère, et le faire reconnaître à la seule inspection.

Il y a sans doute, dans l'exécution de tous nos bâtimens, beaucoup d'infractions à ces règles, parce qu'il y a quelques architectes qui ne les connaissent pas, qui ne les étudient pas, ou qui ne les sentent pas assez ; mais plus souvent encore, parce qu'ils ne sont pas maîtres de leurs propres idées, qu'ils sont dominés par l'ignorance ou par l'ambition du propriétaire, aux volontés duquel ils sont presque toujours forcés de céder, au préjudice même de leur réputation.

Les portes, dont nous offrons les dessins dans cet ouvrage, sont toutes exécutées à Paris et choisies parmi les meilleures productions des plus célèbres architectes. Nous pensons rendre service aux artistes en mettant sous leurs yeux ces diverses compositions des grands maîtres; elles seront pour eux plus que des idées à consulter et à modifier selon le besoin ; dans le plus grand nombre des cas pour lesquelles elles ont été conçues, la plupart pourront être exactement reproduites. Celles qui présentent des combinaisons un peu hazardées, ou de fausses applications des principes reçus, sont signalées dans notre texte explicatif et analytique, afin de tenir en garde le jeune artiste qui serait tenté de les imiter servilement contre ce qui pourrait mériter le blâme.

Les portes gravées sur les cinquante planches qui composaient la première édition de ce recueil, sont ici rangées d'une manière plus naturelle; celles qui appartiennent à un même Ordre d'architecture sont réunies ; celles présentant un mélange, une combinaison de plusieurs ordres, sont rapprochées de celles avec lesquelles elles ont le plus d'analogie ; enfin, les Ordres eux-mêmes suivent la marche progressive de leur caractère, de force, d'élégance ou de richesse. Ce n'est pas ici le lieu de répéter ce qui a été dit cent fois dans les livres élémentaires sur les cinq Ordres d'architecture admis par Vignole et la plupart des architectes qui ont suivi ses préceptes; prenons les choses de plus haut, reconnaisons, avec quelques auteurs bien inspirés, qu'il n'existe que trois Ordres : le Dorique, l'Ionique et le Corinthien, qui sont les types par excellence des trois caractères primordiaux désignés ci-dessus, et ne voyons dans les ordres Toscan et Romain ou Composite, considérés comme classiques par les modernes, qu'une modification du plus simple comme du plus riche des Ordres primordiaux, et classons dans la même catégorie ces prétendus ordres Attique, à colonnes carrées, Pæstum, ou Dorique sans base et à proportions plus courtes, Caryatides mâle et femelle, qui n'ont aucun caractère propre et ne présentent à l'esprit que des combinaisons arbitraires des types originaux. De même que la nature humaine n'offre que trois caractères distincts dont dérivent tous les autres, de même l'architecture a trois types principaux, répondant à la force, à la légèreté, à l'élégance ou à la richesse, qui lui sont donnés par cette nature organise, dont les êtres, selon les proportions et la disposition de leurs membres, sont doués ou de la force, ou de l'agilité, ou de la grâce. Nous en conclurons que les architectes de l'antique Grèce, en prenant la figure humaine pour objet de leurs méditations, ont trouvé la véritable base du beau et du rationel; ils ont fixé pour leurs successeurs des règles qu'il est dangereux d'enfreindre, parce qu'elles établissent des rapports de proportion si parfaits entre les parties et l'ensemble d'un édifice, que, tout aussi bien qu'un tibia isolé fait apprécier la stature de l'individu auquel il a appartenu, la hauteur d'une colonne, ou seulement son diamètre et un fragment de son chapiteau, suffissent pour faire connaître exactement les dimensions et le caractère de l'édifice dont c'est le seul débris.

Ainsi, par suite de ce même enchaînement, de ce principe d'accord, d'ordre entre les parties d'un tout, chaque division d'un entablement fait aussi bien connaître la mesure de l'entablement entier; un simple triglyphe la largeur d'un entre-colonnement; l'entre-colonnement le diamètre de la colonne, et la colonne donne la juste proportion de l'ensemble.

De la connaissance, de la stricte observation des règles suivies par les anciens, règles que Vignole, Palladio, Scamozzi et autres architectes modernes ont déduites de l'examen et de la comparaison méthodique des plus beaux édifices de l'antiquité, et ont consignées dans leurs ouvrages, naîtront de nouveaux chefs-d'œuvre, qui seront dignes de passer à la postérité. Puisse ce recueil, qui contient une nombreuse série de combinaisons plus ou moins heureuses des Ordres appliqués à la décoration des portes des édifices publics et particuliers, contribuer en quelque chose aux progrès d'un art qui a toute notre affection.

Quant aux dix planches nouvelles de ce recueil, elles contiennent des motifs d'un emploi plus général que ceux des planches précédentes, du moins pour les villes où, comme à Paris, l'espèce manque souvent aux grandes décorations architecturales, et où le nombre des habitations particulières et marchandes l'emporte sur celui des hôtels et maisons d'apparât. Pour être plus resserrées dans leur développement, ces portes ne sont pas moins riches que les anciennes en beaux, en très beaux membres d'architecture et de décor. La plupart sont des imitations de portes de temples antiques. Sans doute, leur caractère pourra paraître un peu ambitieux aux étrangers peu familarisés avec notre luxe; mais si, dans certains cas, cette magnificence architecturale peut être taxée d'abus, il en est d'autres où elle mérite l'indulgence des hommes d'un goût délicat, c'est lorsqu'elle est motivée, soutenue par le caractère dominant de l'édifice auquel on l'applique. Dans le court examen que nous faisons des motifs de portes gravées sur nos planches, nous avons hasardé parfois des observations critiques. Ces observations étant dictées par le seul amour de l'art, nous espérons qu'elles trouveront grâce devant ceux qui ne les goûteront pas, et que les artistes dont nous avons publié les compositions, nous pardonneront notre impartiale franchise en faveur du but que nous nous sommes proposé.

# EXPLICATION DES PLANCHES.

### FRONTISPICE.

L'une des plus théâtrales et des plus pittoresques entrées d'Hôtels de Paris était assurément celle de l'Hôtel Thélusson, bâti par l'architecte Ledoux, rue de Provence, dans l'axe de la rue Laffitte. C'est la vue, prise sur le côté, de cette magnifique composition, que représente la Planche servant d'introduction à notre ouvrage; tous les amis des arts regrettent que la nécessité de prolonger la rue Laffitte, et d'employer les terrains occupés par l'Hôtel et les jardins Thélusson à la construction de l'église Notre-Dame-de-Lorette, ait fait disparaître un des plus beaux points de vue que la capitale eût à présenter aux hommes de goût.

### PLANCHE I.

Élévation et détails de deux petites portes d'entrée, faubourg Saint-Marcel.

Ces deux petites portes de fantaisie sont, l'une avec fronton, l'autre avec un entablement droit. Leur chambranle est richement sculpté. Les frises sont faites avec des ornemens heureusement choisis et bien ajustés. Leur entablement est bien composé. Les profils sont très beaux; les ornemens de bon goût, précieusement sculptés. Le tout a de l'harmonie et est bien proportionné. (Voir les détails en grand.)

### PLANCHE 2.

Plan, élévation et profils, avec détails, de deux petites portes d'entrées, exécutées faubourg Saint-Germain.

La première est de l'ordre Pæstum, avec son entablement surmonté par une petite terrasse ou balcon. La deuxième est d'ordre Dorique, avec son entablement complet suivant les règles de l'art. Il est surmonté par un balcon servant d'appui à la croisée. Ces deux petites portes sont très bien exécutées, et d'une très belle proportion.

### PLANCHE 3.

Élévation et détails de divers piliers sans arcades.

Nous donnons ici divers modèles de piliers que nous avons levés dans différens endroits, pour donner une idée de la composition de cette partie d'architecture. Le premier est un pilier simple, avec corniche en modillons. Le deuxième, avec soubassement, pilastre, frise et corniche en modillons. Le troisième, est un pilastre Pæstum, frise, corniche en modillons dans le goût Dorique grec. Le quatrième, avec pilastre de l'ordre Dorique a son entablement complet suivant le système de nos maîtres.

Les détails placés au bas de la planche donnent les profils plus en grand.

### PLANCHE 4.

Plan, élevation d'une porte d'entrée, Place-Royale, au Marais.

Cette porte, d'une composition simple et sans ordonnance d'architecture régulière, est composée de deux piliers, portant un entablement composé par l'artiste dans le style Dorique, et qui supportent l'arcade. Cette arcade est formée de pierres taillées et disposée en crémaillère et formant marches de chaque coté; ce qui rend ce portique très léger.

### PLANCHE 5.

Élévation et profil d'une porte de roulage; rue du Bouloy.

L'entrée du milieu, qui a 30 pieds de hauteur sur 18 de largeur, indique que cette ouverture est destinée à donner passage à des voitures chargées de marchandises.

Les deux portes collatérales, portant 8 pieds 8 pouc. de largeur sur 12 pieds 6 pouces de hauteur, servent pour le service des bureaux relatifs à cette administration. Tout cet édifice est d'un style grand, imposant et d'une très belle proportion.

### PLANCHE 6.

Plan et élévation de l'entrée de l'hospice des Vénériens, faubourg Saint-Jacques, par de Saint-Far.

Cette élévation est d'un caractère rustique, et d'une composition simple, harmonieuse et imposante en même temps. La porte du milieu est très bien : celles de chaque côté sont d'un très bon style, et l'ensemble est parfait. Les détails et les profils de la corniche appartiennent à l'ordre Toscan. L'on ne peut que louer l'auteur de cette bonne composition.

### PLANCHE 7.

Élévation et profil d'une porte cochère, rue des Porcherons.

De la simplicité, de beaux profils, des détails bien entendus et de bon goût, distinguent cette porte, qui ne tient d'aucun ordre régulier d'architecture.

### PLANCHE. 8

Plan et élévation d'une porte du Louvre, du côté du nord.

Cette porte, dans le goût de Vignole, est d'une composition très simple, mais aussi d'une proportion remplie d'harmonie.

### PLANCHE 9.

Plan et élévation de la porte d'entrée du Musée des antiques, au Louvre.

Cette porte était jadis simple comme la précédente, mais M. Fontaine, architecte, ayant fait resserrer cette arcade et ajouté dedans le portail Ionique qu'on y voit aujourd'hui, en a fait une entrée agréable et d'un caractère en harmonie avec les richesses de l'art antique dont elle ferme le sanctuaire.

Originairement le buste de Napoléon avait été placé au-dessus de l'entablement. Depuis lui, chaque nouveau souverain y voit le sien.

PLANCHE 10.

Élévation de la porte de l'administration du Timbre-Royal, rue de la Paix, par Bénard, architecte.

Lorsqu'on installa l'administration du timbre dans les bâtimens de l'ancien couvent des Capucins, démolis en partie pour le percement de la rue de la Paix, l'architecte Bénard fût chargé de masquer leurs bâtimens délabrés par une façade propre à distinguer ce monument d'utilité publique des maisons particulières près desquelles il se trouve. Il est parvenu à peu de frais à remplir ce programme, au moyen d'un grand mur terminé par un entablement Dorique et percé d'une porte cintrée. Des sculptures ornent les parties lisses et achèvent de donner à l'édifice un caractère monumental.

PLANCHE 11.

Élévation et détails d'une porte cochère, rue Basse-du-Rempart, par Sobre.

Originairement cette charmante porte donnait entrée à une cour couverte en terrasse, et était placée dans un simple mur de clôture. Depuis, la cour a été mise à jour, et son mur percé d'arcades, aussi à jour, fermées par des grilles en fer. Cette disposition nouvelle, exécutée par Sobre, a contribué à donner à la composition première une importance presque monumentale. On ne peut qu'admirer l'heureuse et noble simplicité de l'ensemble, le choix et la pureté des détails, la beauté de l'exécution. Sur toute la longueur de la clôture, au-dessus des arcades, règne un passage en terrasse qui sert de promenoir aux habitans du bel étage de la maison, dont Brongniart est l'architecte.

PLANCHE 12.

Plan, élévation et profil de la porte du Théâtre de la rue des Victoires, par Damesme.

On reconnaît dans la disposition pittoresque et théâtrale de cette composition, le cachet de l'architecte Sobre, auteur de l'une des plus jolies salles de spectacle de Paris, celle de la rue de la Victoire, bâtie vers 1796, à laquelle cette triple porte sert d'entrée. Ici son goût particulier de décoration un peu fantasque est bien à sa place, il convient au monument auquel il l'a appliqué et annonce assez bien l'objet de sa destination, mérite rare à Paris comme ailleurs dans les édifices publics.

Dans sa composition, l'artiste ne s'est assujéti à aucune des règles prescrites par les ordres d'architecture. Le besoin de donner un caractère à sa façade, tout en restant dans les données d'économie et la servitude d'une localité ingrate, l'a seul dirigé, et il est arrivé à un résultat satisfaisant. Des trois ouvertures ou portes de sa façade, celle du milieu sert aux voitures, celles des deux côtés aux gens de pied. Des portiques entourent la cour et conduisent le public, à couvert, jusqu'à la salle de spectacle, dont les loges sont soutenues par des cariatides.

PLANCHE 13.

Élévation et profil, avec détails en grand, d'une porte cochère, place Cambray.

Cette entrée est composée sans colonnes et sans pilastres, et seulement par des chaînes de pierre, de chaque côté, en forme d'assises. L'arcade est d'une dimension agréable ; mais l'entablement et le fronton sont lourds, sans proportion, ils offrent un mélange de moulures massives et pesantes dans le système de l'ordre Dorique. L'imposte et l'archivolte ont un peu plus d'élégance dans leurs profils. Quand on veut faire une porte dans ce genre, il faut chercher plus d'harmonie et surtout éviter la pesanteur.

PLANCHE 14.

Élévation et profil d'une petite porte cochère, rue Notre-Dame-des-Champs, par M. Vavin architecte.

L'artiste à qui l'on doit cette jolie composition n'a guère suivi que sa propre inspiration; tout est à-peu-près d'invention. La corniche est d'une belle proportion et bien exécutée : l'ensemble ne manque pas d'un certain charme.

PLANCHE 15.

Plan, élévation et détails de deux portes cochères exécutées rue du faubourg du Roule.

La première est composée de deux colonnes de l'ordre Pæstum sans entablement, excepté une petite corniche de couronnement. Ce petit portique est d'une composition très simple et sans prétention. L'ensemble de l'exécution est fort agréable.

La deuxième est composée du même ordre, avec deux colonnes accouplées de chaque côté et surmontées d'un entablement complet. Elle fait un très bon effet.

PLANCHE 16.

Plan, profil et élévation d'une porte cochère, rue de Lille.

Cette porte Dorique est conçue dans le système de Vignole, mais les licences que s'y est permis l'architecte sont plus blâmables que louables. Le cintre surbaissé de la baie fait un mauvais effet. En adoptant le plein-cintre, il eût pu rapprocher ses colonnes et donner à l'ensemble de sa composition plus d'élégance et un meilleur aspect.

PLANCHE 17.

Plan, élévation et profil, avec les détails d'une porte cochère, rue de la Chaussée d'Antin, par M. Bellanger, architecte.

Cette porte d'entrée offre un mélange des ordres Dorique et Toscan, l'entablement est de pur caprice; néanmoins l'ensemble en est assez satisfaisant. Cependant si l'on cherche à se rendre raison des impressions défavorables qu'elle produit sur l'œil de l'artiste pénétré des bonnes doctrines, on trouve que l'arcade a trop de hauteur, que l'accouplement des pilastres n'est point heureux et qu'ils sont trop grands d'environ deux pieds, et maigres par rapport à leurs base Dorique et chapiteau Toscan. Si l'artiste eût divisé par moitié les proportions respectives des deux ordres il eût évité la plupart des défauts que nous venons de signaler.

PLANCHE 18.

Plan, profil et élévation d'une porte cochère, rue et faubourg Saint-Antoine.

Ce portique est exécuté suivant la règle de l'art. Il est d'une belle proportion. Sa hauteur et sa largeur sont suivant le portique avec piédestal de Vignole. Son entablement est comme celui de Palladio, avec modillons, et fait un bon effet. Ses colonnes sont dans leurs proportions. L'arcade, ou l'ouverture de la porte, est bien. Enfin l'ensemble de ce portique a une masse harmonieuse et d'un bon caractère.

PLANCHE 19.

Grande porte de la Caserne du quai d'Orsay.

L'ajustement de cette porte décèle une main de maître, de MM. Percier ou Fontaine peut-être. Il est certain du moins qu'elle n'est pas de l'auteur de l'édifice principal, édifice auquel on est loin de reconnaître les mêmes perfections. Cette porte présente une heureuse modification des règles établies par Vignole.

### PLANCHE 20.

Plan, élévation et détails d'une porte cochère, rue de Tournon.

Cette porte présente un mélange des ordres Dorique et Ionique; les colonnes ont leur proportion Dorique, ainsi que la base et les chapiteaux; l'entablement est exécuté dans le style Ionique; l'architrave est très élégant; la frise a suffisamment de hauteur; la corniche, avec ses modillons, ne fait point mal, tous les détails des différens profils sont bien exécutés, d'un beau choix de moulures, et employés d'une manière agréable. Le portique ne jouit point de cet avantage; il est trop bas, sans proportion. L'entrée de la porte a 10 modules d'ouverture, et 18 de hauteur. L'arcade touche à l'architrave; elle est coupée par l'entablement, ce qui fait mal. Les colonnes devraient être plus fortes, avoir deux modules de plus en hauteur; elles ne sont point non plus en proportion de leur espacement: enfin, et généralement parlant, l'artiste n'a suivi aucune des règles de l'art. Il ne manquait cependant pas de place pour exécuter quelque chose de mieux, de plus agréable; que ne suivait-il Vignole. Quoi qu'il en soit, cette décoration gagne par la perspective; alors l'arcade se développe et cesse de paraître tronquée.

### PLANCHE 21 ET 22.

Plan et élévation d'une porte cochère, rue de Grenelle, faubourg Saint-Germain.

Les systèmes Dorique et Ionique ont été confondus dans cet exemple; les colonnes, la base et les chapiteaux sont du premier ordre; l'entablement appartient en partie à l'ordre Ionique, mais les colonnes ont 18 modules au lieu de 16; l'ouverture de la porte a 10 modules de largeur, et sa hauteur 20 modules; cette proportion est celle de Vignole; elle fait très bien. L'imposte et l'archivolte ont été composés par l'artiste, ainsi que l'entablement; l'architrave est d'une belle forme, mais la frise est trop basse dans son exécution. Les moulures de la corniche sont un peu lourdes; le reste de cette composition est élégant; l'ensemble fait un assez bon effet.

### PLANCHE 23 ET 24.

Plan élévation et détails d'une porte cochère, Boulevard de la Madeleine, au coin de la rue des Capucines, par M. Lefèvre, architecte.

La composition de cette porte semble n'avoir été basée sur aucun ordre d'architecture; les colonnes sont bien suivant l'ordre Dorique; elles portent 18 modules sur la hauteur, sans base; les chapiteaux sont de l'ordre Pæstum, et tout l'entablement est un mélange composé qui appartiendrait volontiers à l'ordre Toscan. La proportion, sur la largeur, a 10 modules d'ouverture entre les colonnes, et 18 modules de hauteur jusqu'à l'entablement; tout cela fait que la masse, en général, est élégante. Les lances qui sont sculptées dans le haut des colonnes font un très bon effet, et s'accordent avec l'ensemble de l'édifice, dont la décoration est tout allégorique. La porte de cet hôtel indique, par les armoiries sculptées au dessus, que le maître qui l'habite est un chef de l'Etat, et en même temps un guerrier.

### PLANCHE 25 ET 26.

Porte de l'ancien hôtel d'Uzès, rue Montmartre, par Ledoux.

Comme la plupart des compositions de Ledoux, celle-ci est un mélange capricieux de différens ordres, mais ajustés avec beaucoup de goût et d'intelligence.

La proportion de l'arcade est entre l'Ionique et le Corinthein, l'ordonnance est Dorique; le couronnement tient du Dorique et du Corinthien. Des trophées d'armes, richement sculptés, sont appendus aux colonnes, d'autres les surmontent et donnent à cette porte un caractère triomphal.

### PLANCHE 27.

Élévation et profil de deux portes cochères, l'une rue de l'Arcade, et l'autre rue de Monceau.

La porte d'entrée A est de style rustique et couronnée par un entablement Dorique, dont la frise, ornée de médaillons sculptés, est en forme de console pour soutenir la corniche.

La porte B présente une masse lisse, peinte en briques et couronnée d'un entablement Dorique sans architrave ni cannelure dans les triglyphes. Le chambranle qui entoure la porte d'entrée est très simple de moulures.

### PLANCHE 28.

Élévation et profil de deux portes cochères, exécutées rue de Vaugirard.

Ces deux portes sont sans colonnes et sans pilastres. Celle du haut offre un carré parfait dans sa masse. L'arcade d'entrée a 10 modules et demi de hauteur dans œuvre; celle du bas présente un carré long, elle a de hauteur une fois et demi sa largeur. Les moulures sont les mêmes aux deux exemples.

### PLANCHE 29.

Plan, élévation et détails d'une porte de Manège, rue St.-Florentin, par Cellérier, architecte.

Cette porte est d'un style rustique, d'un caractère simple, mais noble; elle décèle une main de maître. L'entablement et les moulures sont dans le goût de Vignole. La proportion des hauteurs est suivant le grand portique avec piédestal; il porte 21 modules de hauteur au-dessous du premier soubassement; de sorte que la masse entière est d'une harmonie parfaite; les sculptures étant de très bon goût, bien ajustées et d'une très belle exécution, cette porte est un modèle de premier mérite et digne d'être étudié dans toutes ses parties.

### PLANCHE 30.

Plan, élévation, profil et détails en grand, d'une porte cochère, rue du faubourg St.-Honoré.

Primitivement l'entrée de l'hôtel, auquel appartient cette porte, était sans décoration architecturale. L'architecte chargé de lui en donner une, l'a fait avec beaucoup de goût. L'ajustement Dorique dont cette planche offre le dessin en est la preuve; mais il faut ajouter que l'exécution répond, par sa pureté et sa délicatesse, à la beauté du motif.

### PLANCHE 31.

Plan, élévation et profil d'une porte cochère, rue d'Anjou, par Regnard, architecte.

Cette porte, d'ordre Dorique, est ajustée avec art, sa proportion est belle, son aspect original. Il était difficile de rester rigoureusement dans les données de l'ordre. M. Regnard a pris un parti heureux en accouplant ses colonnes de chaque côté de l'arcade, en leur faisant porter une partie d'entablement à triglyphes, et en surmontant le tout d'un fronton dont les larmiers saillent sur les deux portions d'entablement.

Les détails et les profils présentés au bas de la planche, indiquent parfaitement que l'architecte s'est conformé aux règles de son art.

PLANCHE 32.

Plan, élévation et profil d'une porte cochère, rue de Tournon.

Les proportions indiquées par Vignole n'ont point été suivies par l'architecte qui a construit cette porte. S'il s'y fût conformé, on n'aurait point à lui reprocher d'avoir écrasé son ordre par un entablement d'une lourdeur excessive et dont les moulures ne sont pas même dans un bon sentiment. Au lieu d'un entablement complet, s'il se fût contenté d'un architrave et d'une corniche, son arcade eût paru plus élancée et plus agréable.

PLANCHE 33 ET 34.

Plan et élévation d'une porte d'hôtel, rue St.-Dominique-St.-Germain, par M. Brongniart, architecte.

L'ensemble de cette porte est satisfaisant à l'œil, quoique péchant contre les règles de l'art. L'ordre Dorique y est tronqué. Les colonnes sont dans la proportion voulue, mais non leur espacement, qui a au moins 18 pouces de trop ; l'archivolte est massif et lourd, l'architrave trop bas ; toutefois ces défauts sont plus sensibles en dessin qu'en exécution, car, sur place, cette porte est d'un effet fort agréable.

La planche 34 offre sa partie supérieure, avec ses profils développés, et le dessin des sculptures de trophées et d'armures qui y ont été ajoutés sous la direction de M. Fontaine, à l'époque où l'hôtel a été restauré par cet architecte.

PLANCHE 35 ET 36.

Plan et élévation d'une porte cochère, rue de Lille, faubourg St.-Germain.

Cette porte est d'ordre Dorique moderne, pour la proportion des colonnes et des chapiteaux ; mais la base, qui est suivant le système antique, n'est pas bien en rapport ; l'entablement a été composé sans que l'architecte ait pris les proportions des corniches ; en cela il nous a laissé un modèle que l'on ne peut suivre. Cet entablement est écrasé et maigre, il ne présente pas suffisamment de hauteur, vu que l'architrave est trop bas, et devrait porter au moins un tiers de plus de hauteur.

L'on peut considérer cette porte comme une porte triomphale : la masse en est belle ; les colonnes accouplées de chaque côté font bien. On avait fait incruster dans l'entablement, au-dessus des colonnes, des trophées guerriers richement sculptés ; il y avait en outre au-dessus de la grande corniche un couronnement formé d'autres trophées, soutenus par des génies disposés en pyramides et très bien groupés ; mais les évènemens de la révolution ont fait disparaître tous ces accessoires allégoriques, de l'exécution desquels ne pouvant procurer aucun dessin fidèle, nous nous bornons à reproduire l'architecture telle qu'elle existe en ce moment.

PLANCHE 37.

Plan et élévation d'une porte cochère, rue de Provence.

Sa dimension, en largeur, est suivant Vignole ; l'entablement est aussi celui de cet auteur ; il est fait avec soin, mais il n'est pas en proportion sur la hauteur ; cette porte qui est trop carrée et lourde en dessin, fait néanmoins un assez bon effet en exécution, sans doute parce que ses colonnes n'étant pas engagées, son aspect en devient plus léger et plus agréable. Les détails sont indiqués en grand.

PLANCHE 38.

Plan et élévation d'une porte cochère, rue de l'Université.

Cette porte est d'une très belle proportion ; à l'exception de deux modules ajoutés à sa largeur, elle est tout-à-fait dans le système de Vignole. Les attributs guerriers placés entre les triglyphes et sur la partie supérieure des panneaux de la porte, sont bien sculptés. Généralement cette porte est un modèle de science et de goût ; nous regrettons de ne pouvoir nommer l'architecte sur les dessins duquel elle a été exécutée.

Au bas de la planche sont figurés sur une grande échelle une partie de l'entablement et un détail de l'imposte.

PLANCHE 39 ET 40.

Élévation du portail de la Charité, rue des Saints-Pères, par Clavareau.

L'ordre Dorique moderne, celui qui nous a été transmis par les architectes italiens du XVIe siècle d'après Vitruve, compose la décoration du portail de l'ancienne église de la Charité, transformée par l'architecte Clavareau en salle d'assemblée des médecins de l'hospice de ce nom. Cet ordre diffère essentiellement de l'ordre Dorique antique dont les Grecs ont fait usage au Parthénon, aux Propylées d'Athènes et dans la plupart des monumens élevés par leurs compatriotes en Sicile et autres lieux. Cette restauration fait beaucoup d'honneur à M. Clavareau par la pureté de son exécution.

PLANCHE 41.

Plan, élévation, profil et détail d'une porte cochère, rue de Grenelle, faubourg Saint-Germain.

Cette porte est de l'ordre Ionique. Les colonnes sont surmontées d'un dé carré, et la porte est encadrée par un chambranle. Voyez le profil A en grand ; B, le profil de la base de colonne ; C, l'entablement et le profil du chapiteau développés. Sa hauteur est suivant la règle de l'ordre Ionique ; mais son espacement est trop large au moins de deux pieds, par rapport à sa hauteur, ce qui rend ce portail trop carré et trop lourd; l'ordre Ionique demande de l'élégance et peu de grands espacemens, autrement il perd sa délicatesse. Comme on peut le voir, dans cet exemple, la corniche et l'entablement sont répréhensibles.

PLANCHE 42.

Plans, élévation, profil et détail de la porte du Dépôt des fortifications, rue St.-Dominique, faubourg St-Germain.

Cet porte est de l'ordre Ionique, suivant le système de Scamozzi, avec le chapiteau portant la volute angulaire enchaînée par des guirlandes de fleurs, d'une volute à l'autre. Les proportions des colonnes sont analogues au système du même maître. L'entablement est bien et régulier, l'espacement des colonnes, pour être moins ridicule et la hauteur plus élégante que dans la précédente, ne sont pas cependant sans reproches. Les arcades entre les colonnes font un meilleur effet que des ouvertures carrées ; au moins cela annonce mieux le portique, et quoique les proportions ne soient pas ici absolument suivant les règles, elles ne sont pas totalement en dehors des principes. L'ordre, exécuté suivant le système de Vignole, porte les 17 modules de hauteur, et les 8 modules 1/2 de largeur; cette porte présente infiniment plus d'élégance et de charme, elle flatte davantage l'œil, et fait mieux dans son exécution que la précédente.

A est le profil de l'entablement en grand; B le profil de l'imposte. Au-dessous du plan est figuré le chapiteau, présenté d'abord de face et ensuite donné en plan renversé, afin de faire comprendre aux élèves comment les ornemens et les guirlandes s'ajustent avec les volutes et se dessinent en plan.

### PLANCHE 43 ET 44.

Porte cochère du Palais de la Légion d'honneur, rue de Lille.

Cette porte du ci-devant hôtel de Salm, rue de Lille, est aujourd'hui celle du palais de la Légion d'honneur. Elle a la forme d'un arc de triomphe et est liée aux pavillons latéraux par un péristyle ou galerie à jour, qui laisse apercevoir le pourtour de la cour, également décorée de colonnes isolées d'ordre Ionique formant portique. Au fond de la cour, qui a la forme d'un carré long, un avant-corps de six colonnes Corinthiennes, d'un diamètre plus fort, sert de porche au vestibule du logis principal. Cette composition, par son effet magnifique et pittoresque, fait beaucoup d'honneur à l'architecte Rousseau.

La planche 44 présente la moitié du plan de la porte d'entrée, le profil en travers avec les détails et l'entablement A du couronnement de la porte, B le profil de l'archivolte, C le profil de l'entablement de l'ordre Ionique lesquels détails indiquent et développent et la sculpture et les ornemens de ces différens membres d'architecture.

### PLANCHE 45 ET 46.

Plan et élévation de la porte d'entrée, du côté de la place, du ci-devant palais Bourbon, devenu Palais de la Chambre des députés.

Cette porte, d'ordre corinthien, est une des plus remarquables de Paris par son magnifique effet. La proportion de l'ordre et son ajustement ne laissent rien à désirer. Les colonnes sont placées sur un soubassement formant piédestal ; au-dessus de l'entablement règne une balustrade servant de garde-fou à une terrasse communiquant aux deux pavillons situés de chaque côté de la porte. Il est difficile de savoir auquel des quatre architectes qui ont construit le palais, on doit attribuer cet ouvrage, mais il est à croire que Gabriel, architecte du Garde-Meuble, en est l'auteur.

La planche 46 donne les détails, sur une grande échelle, de la base et de l'entablement de l'ordre, avec des riches sculptures avec cotes en pieds, pouces et lignes.

### PLANCHE 47, 48, 49 ET 50.

Plan, élévation et détails de la grande porte du Louvre.

Le beau fragment de l'avant-corps du milieu du péristyle du Louvre qu'offre notre planche 47 et 48, présente l'entrée principale du palais ; il fait partie de l'un des plus beaux frontispices qu'ait produit l'architecture moderne, frontispice dont on ne peut se lasser de louer la beauté de la modénature, c'est-à-dire l'assemblage et la distribution des membres, des profils et des moulures de son ordonnance, l'élégance et la pureté des détails, le choix et la belle exécution des ornemens.

La porte d'honneur, placée entre deux portes de petite dimension pratiquées dans le soubassement de l'ordonnance générale, est une véritable porte triomphale, surtout depuis que le dessus de son archivolte a été décoré, par Cartelier, du bas-relief où la gloire, montée sur un char trainé par quatre chevaux, distribue des couronnes en parcourant un champ couvert de trophées. La plate-bande de la porte bâtie sous l'arcade par MM. Percier et Fontaine, pour établir une communication entre l'une et l'autre colonade du péristyle, est une addition dont Perrault aurait senti la nécessité, s'il eût pu mettre la dernière main à son ouvrage.

La planche 49 donne la composition de la porte en chêne et en bronze, exécutée sur les dessins de MM. Percier et Fontaine, pour fermer la baie de la grande porte figurée sur la planche précédente.

Sur la planche 50 sont développés les principaux ornemens de cette magnifique création.

FIN DE L'EXPLICATION DES PLANCHES DE L'ÉDITION PRÉCÉDENTE.

*Frontispice de la 1re partie.*

Krafft del. — Gossard Sc.

Pl. 1re
1ere Partie.
Deux petites portes d'entrée faub.g St Marcel.
Détail
A
B
Détail
Kraft.
Boulay s.

Entablement A
A
B
Plan
Plan
Détails des Petites portes d'entrées exécutées F.g S.t Germain
Entablement B
Krafft
Sulhay S.

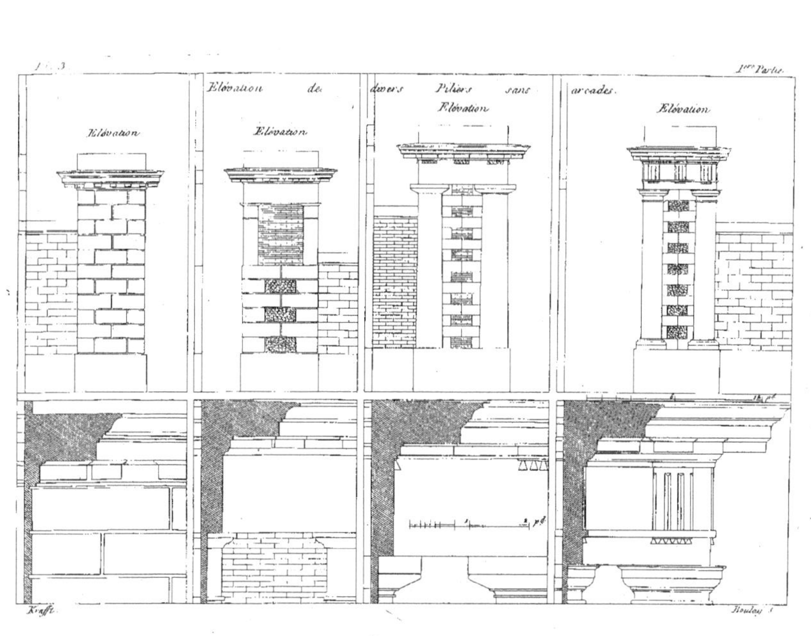

Pl. 3
Elévation de divers Piliers sans arcades.
1re Partie.
Elévation
Elévation
Elévation
Elévation
Krafft
Boulay

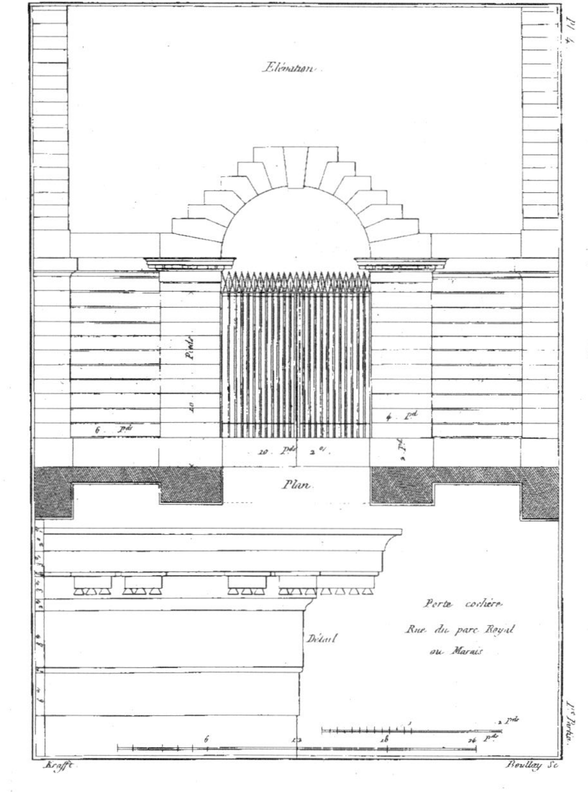
Élévation.
Plan.
Porte cochère
Rue du parc Royal
au Marais
Détail
Krafft.
Boullay Sc.

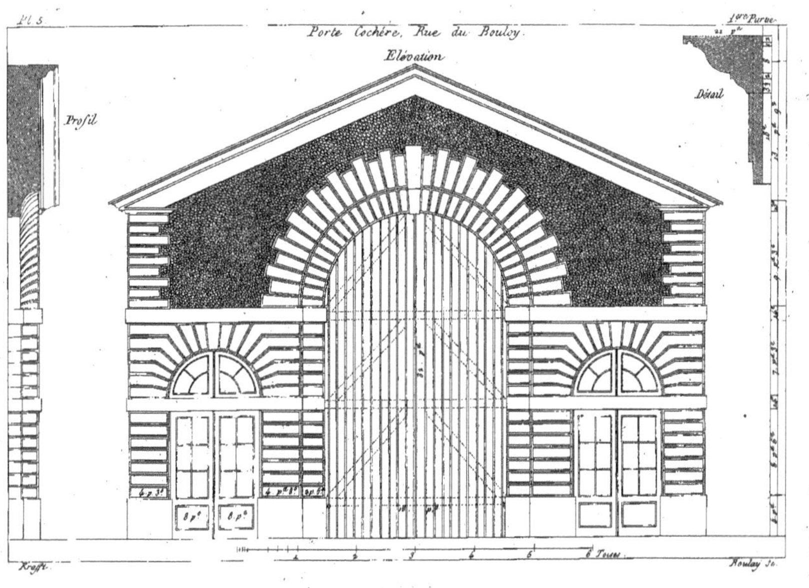
Pl. 5.
Porte Cochère, Rue du Bouloy.
1.re Partie.
Élévation
Profil
Détail
Krafft.
Boulay Sc.

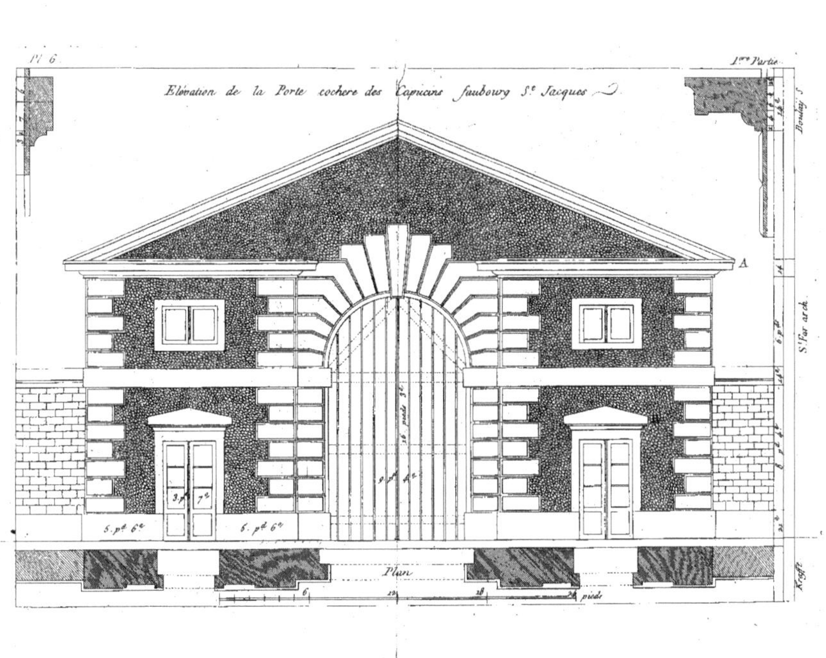
Élévation de la Porte cochere des Capucins fauxbourg S.t Jacques
A
5. p.ds 6.o
5. p.ds 6.o
3. p.ds 7.o
9. p.ds 6.o
16 pieds 3.o
Plan
6
12
18
24 pieds
Bouchet S.
S.t Far arch.
Krafft

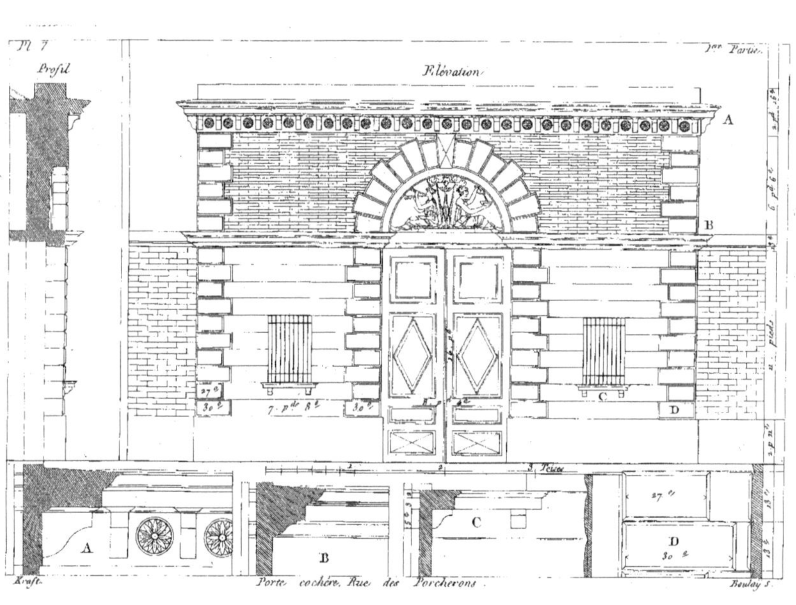
Pl. 7
Profil
Élévation
1re Partie.
A
B
C
D
Kraft
Porte cochère, Rue des Porcherons.
Boulay S.

Pl. 8

1ère Partie

Krafft.    Porte du Louvre du Côté du Nord.    Beullay S.

Krafft. Porte de la Galerie des Antiques. C. Joannes s.

Pl. 10
1.ère Partie.
ADMINISTRATION DU TIMBRE.
Détail
Entablement
Krafft.
Bénard arch.
Boullay S.

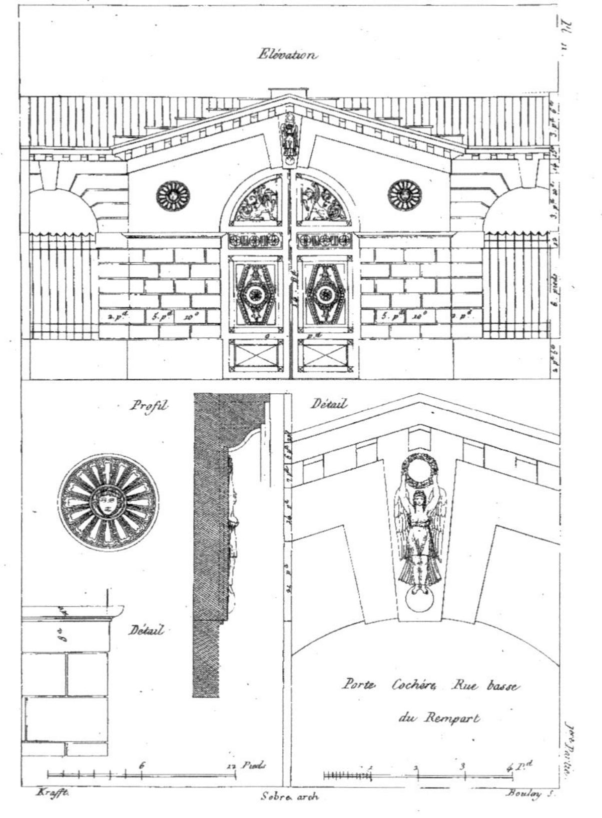
Elévation
Profil
Détail
Détail
Porte Cochère, Rue basse
du Rempart
12 Pieds
4 Pds
Krafft.
Sobre arch.
Boulay S.

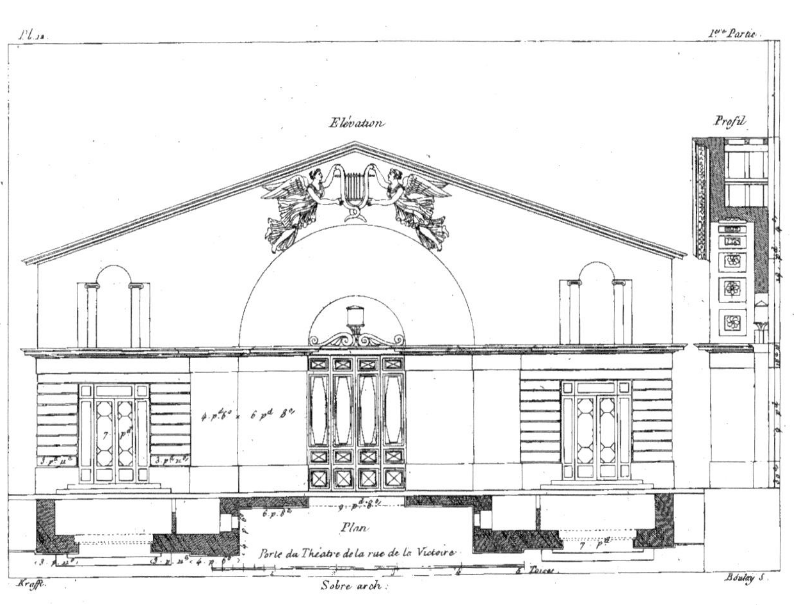
1ère Partie.
Elévation
Profil
Plan
Porte du Théatre de la rue de la Victoire
Toises.
Kraft.
Sobre arch.
Boulay S.

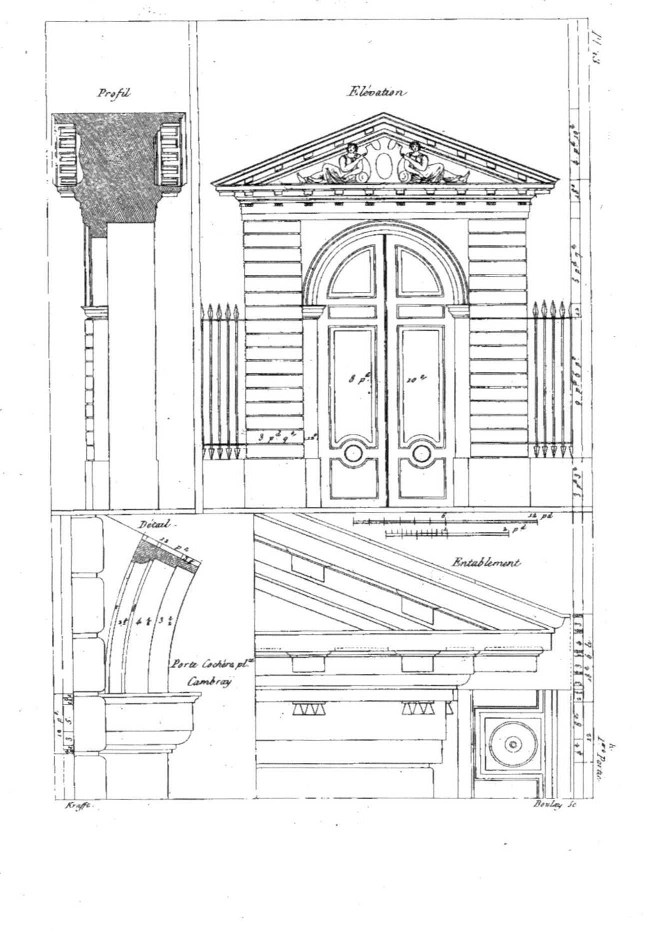
Profil
Élévation
Détail
Entablement
Porte Cochère pl.ce Cambray
Kraft fc.
Boulay Sc.

Pl. 14
1ère Partie
Elévation
Profil
Détails
1 2 3 4 Pieds
Porte Cochère, Rue Notre-dame des Champs
Krafft
Vavin arch.
Boulay Sc.

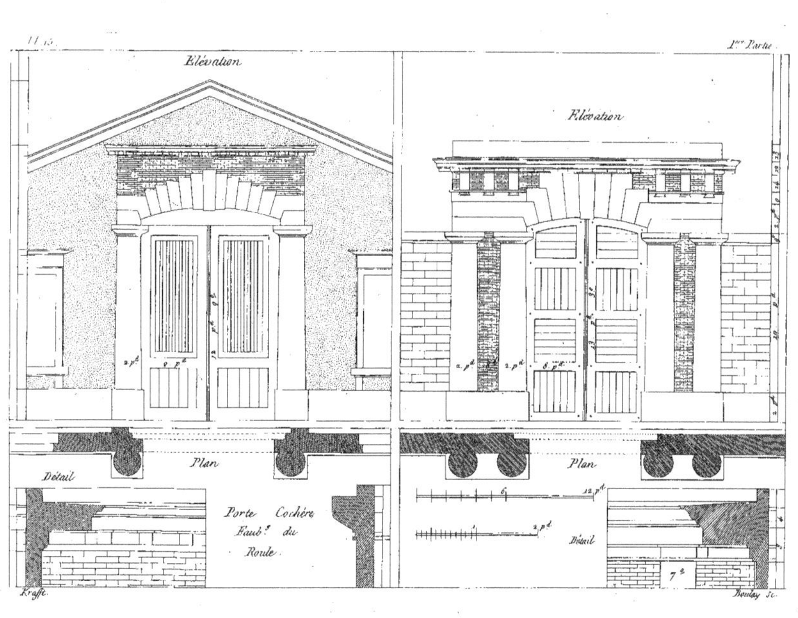
Élévation
Élévation
Plan
Plan
Détail
Détail
Porte Cochère
Faub.g du
Roule.
Krafft.
Boulay Sc.

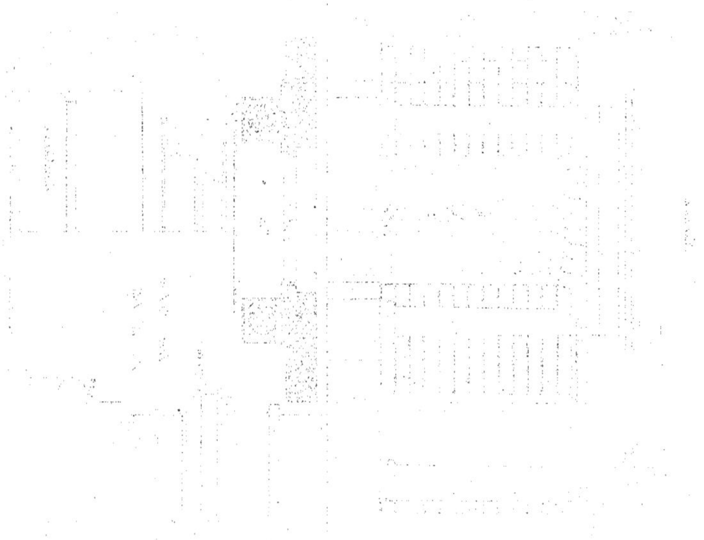

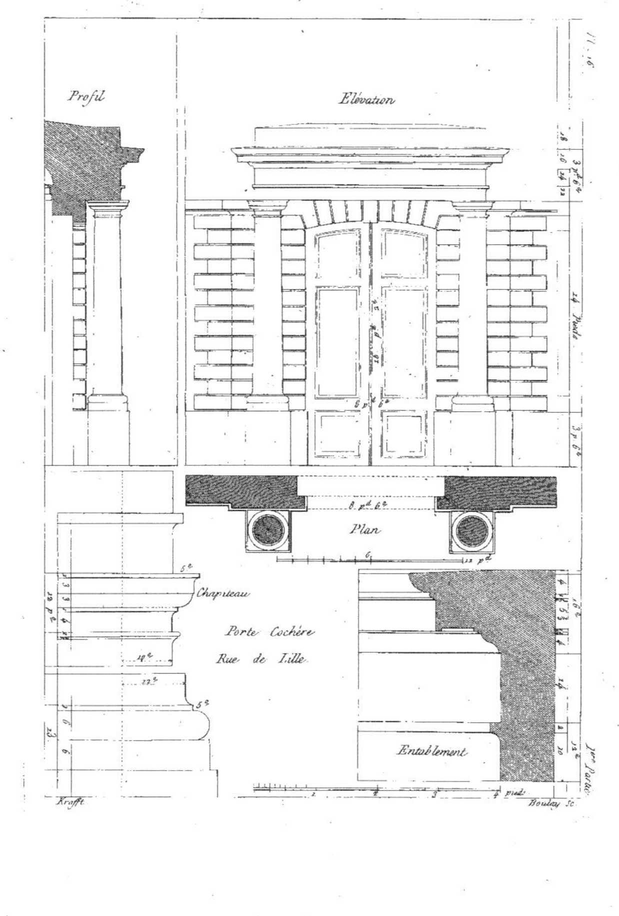
Profil
Élévation
24 Pieds
3 p 6 d
8 p d 6 d
Plan
Chapiteau
Porte Cochère
Rue de Lille
Entablement
Krafft
Boulay sc

Pl. 17
Elévation
Plan
Détails
Profil
Porte Cochère chaussée d'Antin
I.re Partie
Kraft
Bellanger arch.
Boulay Sc.

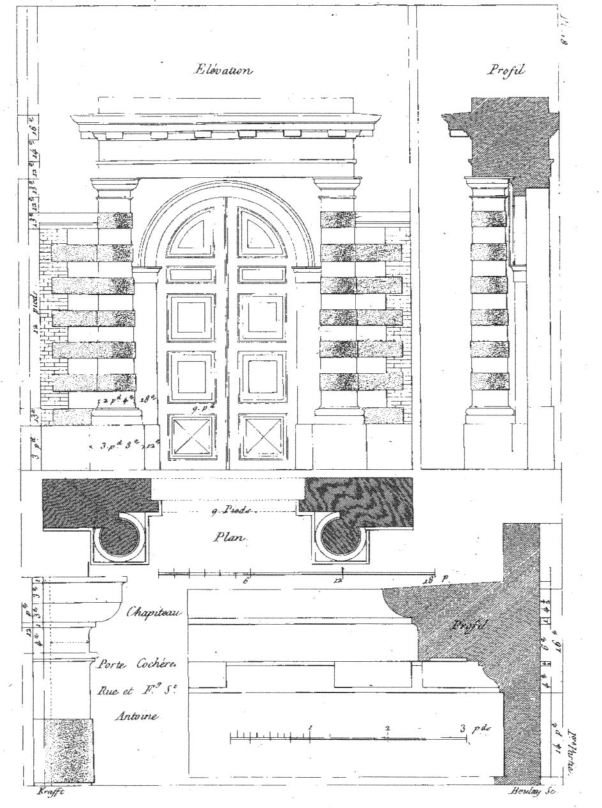

Pl. 18
Elévation
Profil
Plan
9 Pieds
Chapiteau
Porte Cochère
Rue et F.g S.t Antoine
Profil
3 pds
1ère Partie
Krafft
Boulay Sc.

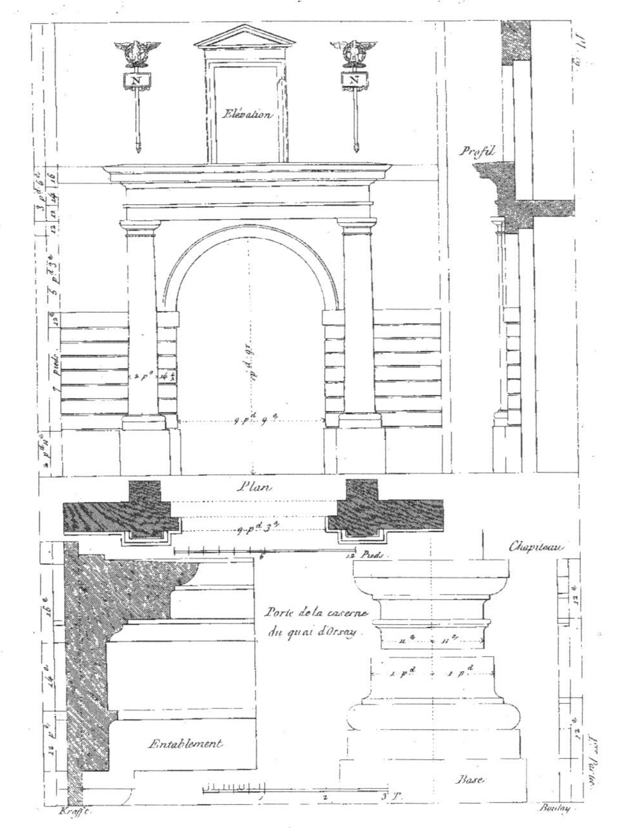

Pl. 19.
I.re Partie.
Elévation
Profil
Plan
Chapiteau
Porte de la caserne
du quai d'Orsay.
Entablement
Base
Kraft
Boulay

Pl. 20
1ère Partie.
Elévation
Plan
Plan et Elévation
d'une Porte cochère
rue de Tournon.
Profil et détail de
l'entablement
A
B
Krafft.
Boulay Sc.

Pl. 21.
1re Partie.
Elévation
A
B
C
D
E
Plan
de la porte Cochère Rue de
Grenelle F. St. Germain
Krafft
Boulay Sc.

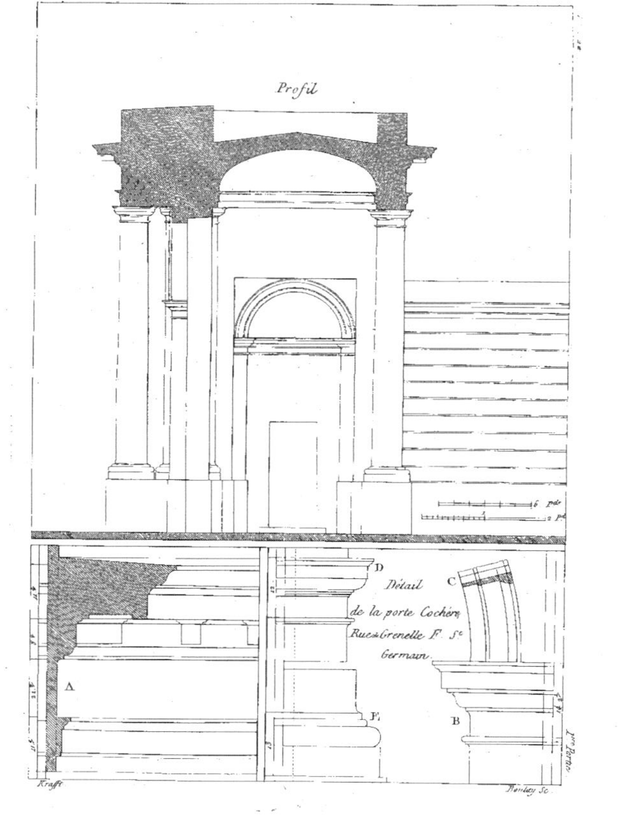
Profil
6 pds
2 pds
Détail
de la porte Cochère
Rue de Grenelle F. St
Germain
A
B
C
D
E
Krafft
Ransonnette Sc.
1re Partie

Porte cochère, Boulevard de la Magdeleine, au coin de la rue des Capucines. Par Lefevre Architecte.

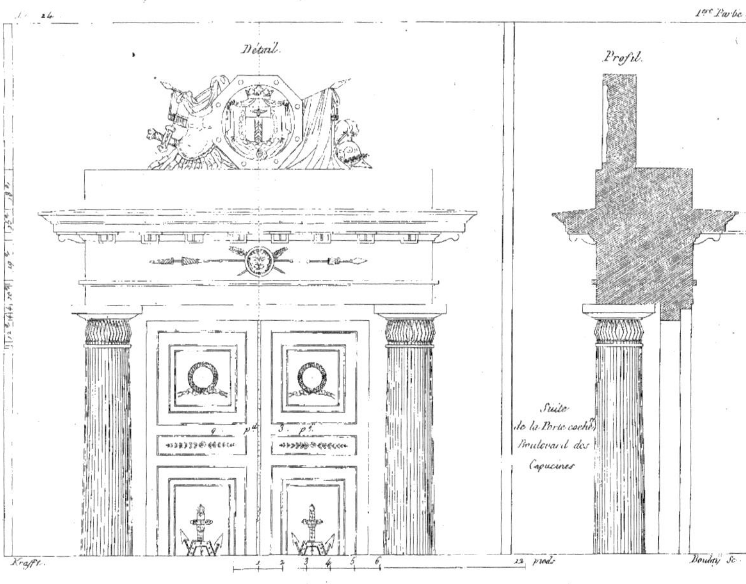
Détail.
Profil.
9. pd. 3. pe.
Suite
de la Porte cochère
Boulevard des
Capucines
Krafft.
1 2 3 4 5 6
12 pieds
Boulay Sc.

Krafft · Le Doux arch. · Boulay S.

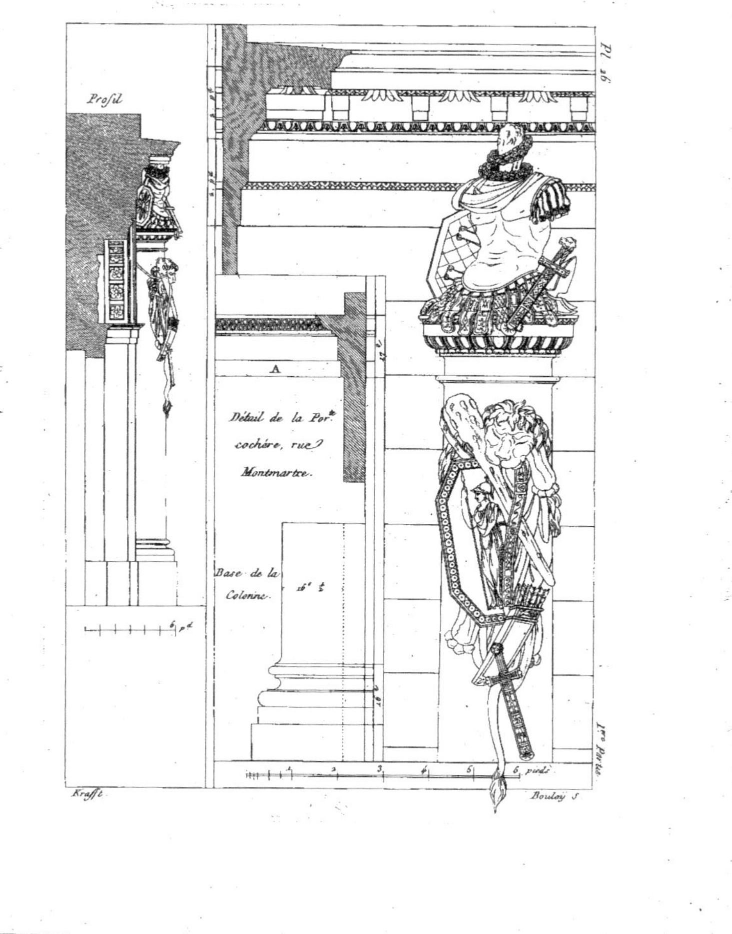
Profil
A
Détail de la Porte cochère, rue Montmartre.
Base de la Colonne.
6 pd
1 2 3 4 5 6 pieds
Krafft
Boulay S

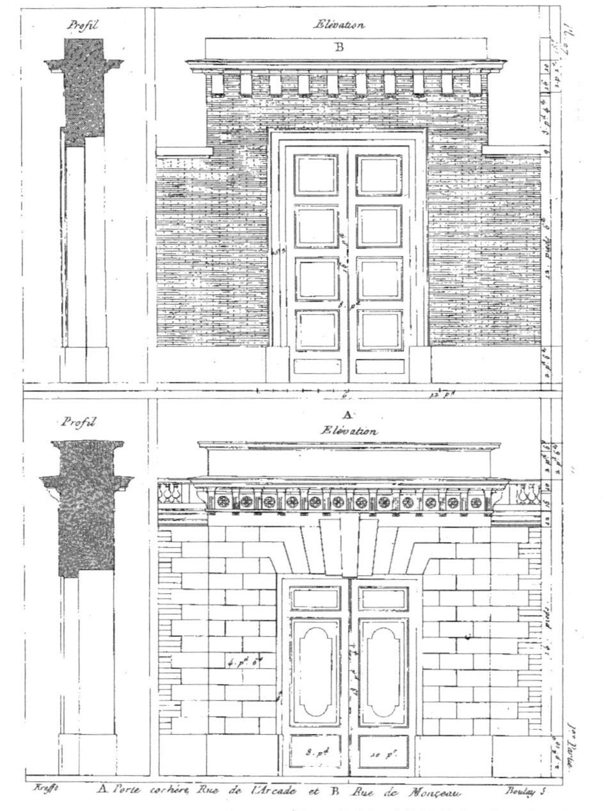


A Porte cochère, Rue de l'Arcade et B Rue de Monçeau

Krafft. Portes Cochères Rue de Vaugirard. Boulay

1re Partie
Élévation
Porte
Cochère Rue
St. Florentin
Profil
A
Profil
B
Plan
Entablement
Krafft.
Cellerier arch.
Bouley s.

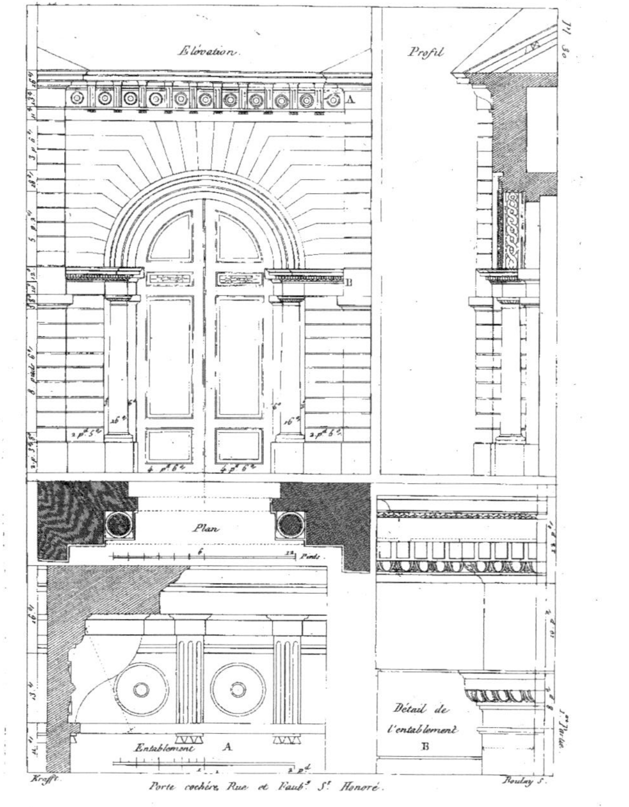


Porte cochère, Rue et Faub.g St Honoré.

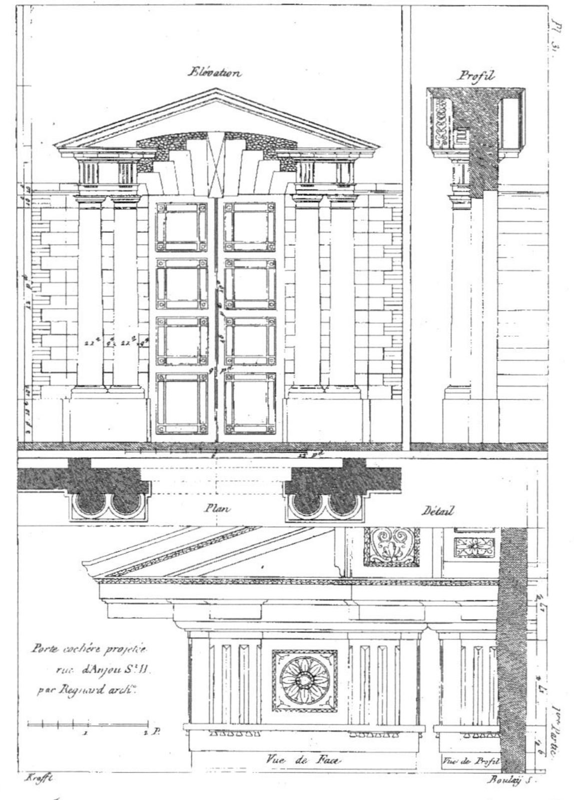
Pl. 31.
1re Partie.
Élévation
Profil
Plan
Détail
Vue de Face
Vue de Profil
Porte cochère projetée
rue d'Anjou St. H.
par Reynard archte.
1
2 P.
Krafft
Boulay S.

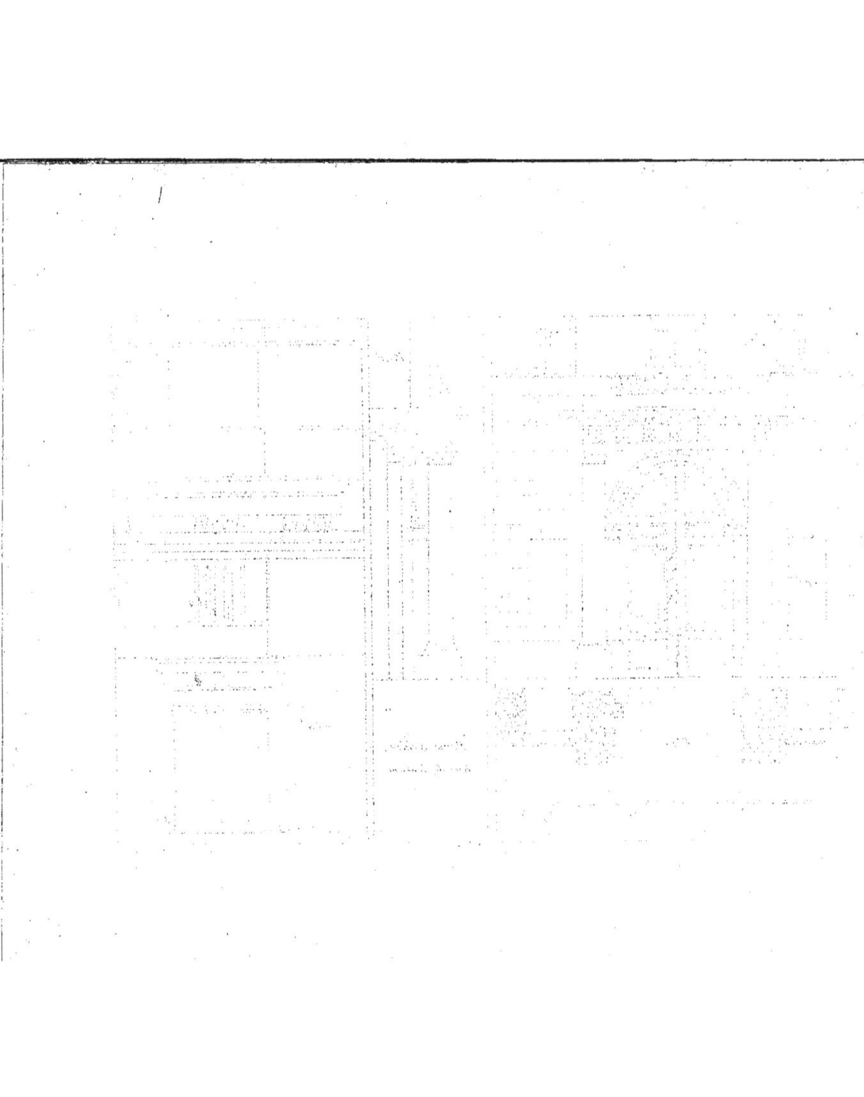

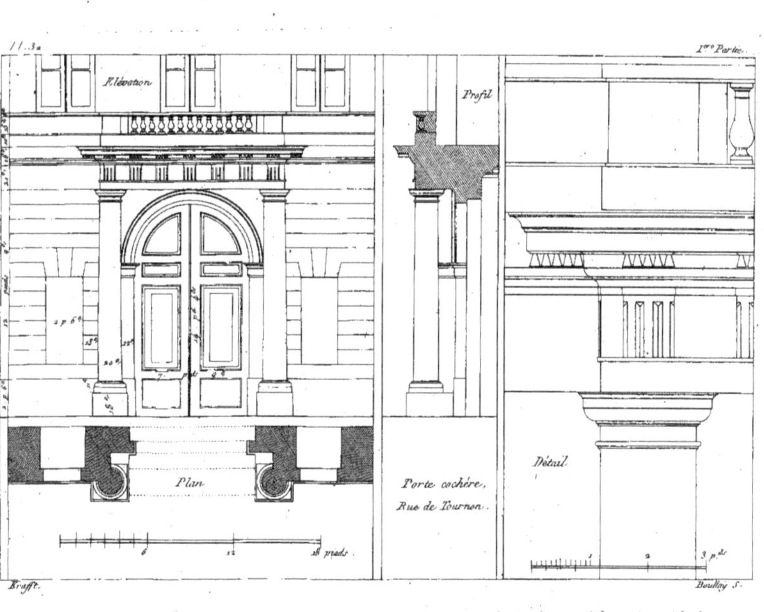
Élévation
Profil
Plan
Détail
Porte cochère,
Rue de Tournon.
6
12
18 pieds.
1
2
3 p.ds
Krafft.
Boullay S.

Pl. 33
Élévation
A
Toises
Plan
Porte cochère, Rue S.te Dominique
1.ere Partie
Entablement A
4 Pieds
Krafft
Brongniart arch.
Roulhay Sc.

Krafft.

Suite du Détail de la porte Cochère Rue St Domminique N° 71.

Boullay Sc.

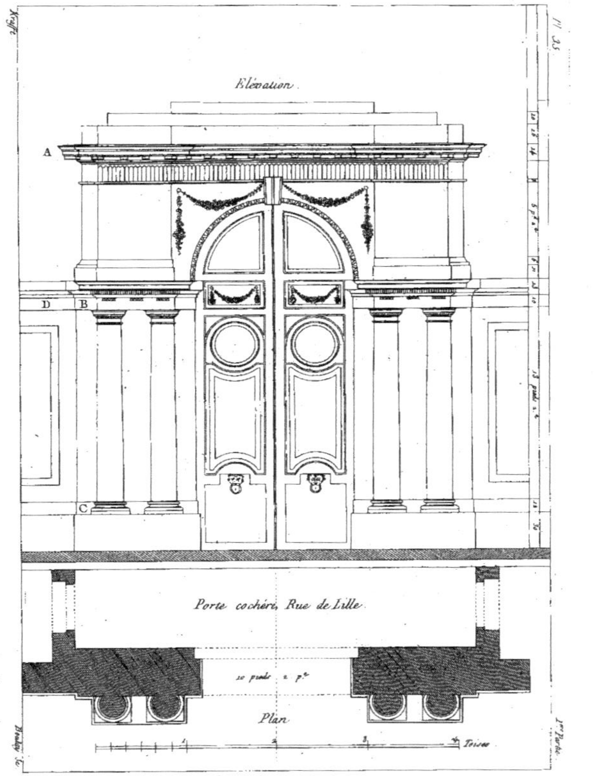
Élévation.
A
B
C
D
Porte cochère, Rue de Lille.
10 pieds 2 p.
Plan
Toises
Krafft.
Boulay Sc.

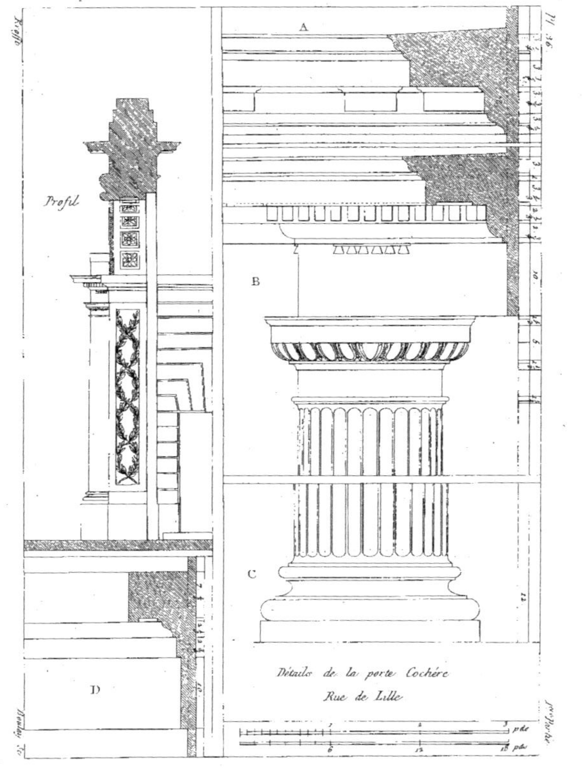
A
B
C
D
Profil
Détails de la porte Cochère
Rue de Lille
Krafft
Boulay Sc.
1re Partie

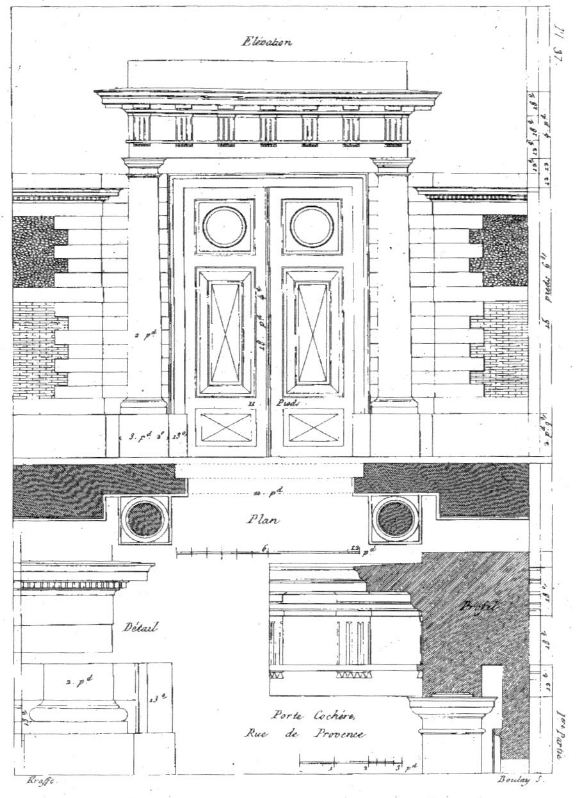
Pl 37.
1ère Partie
Elévation
Plan
Profil
Détail
Porte Cochère,
Rue de Provence
Krafft.
Boulay S.

Pl. 38
1re Partie
Elevation
Plan
Détail
Détail
Profil
Porte Cochère,
Rue de l'
l'Université.
Krafft
Boulay S.

Élévation du Portail de la Charité, Rue des Sts Pères.

Krafft

Boulay Sc.

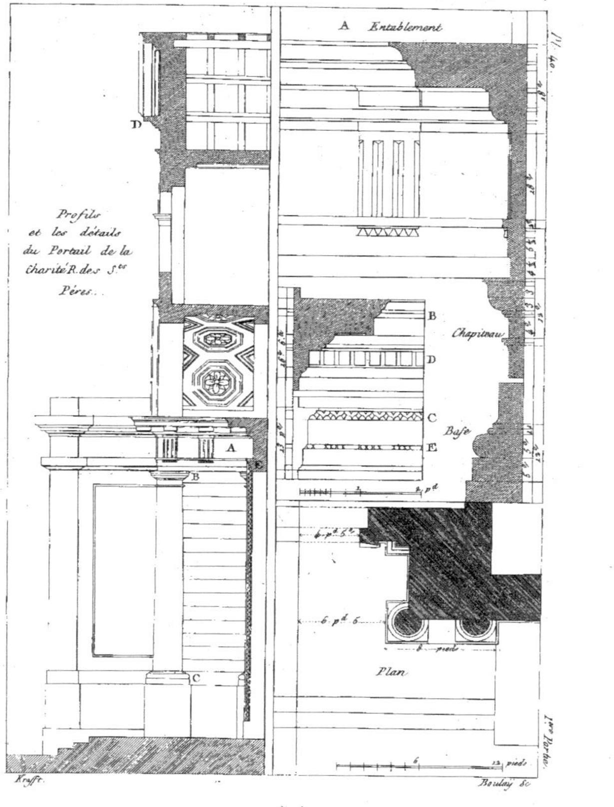
Pl. 40.
A Entablement
Chapiteau
Base
B
D
C
E
A
B
C
D
E
Plan
Profils et les détails du Portail de la Charité R. des S.tes Péres.
1.ere Partie.
Krafft.
Boulay Sc.

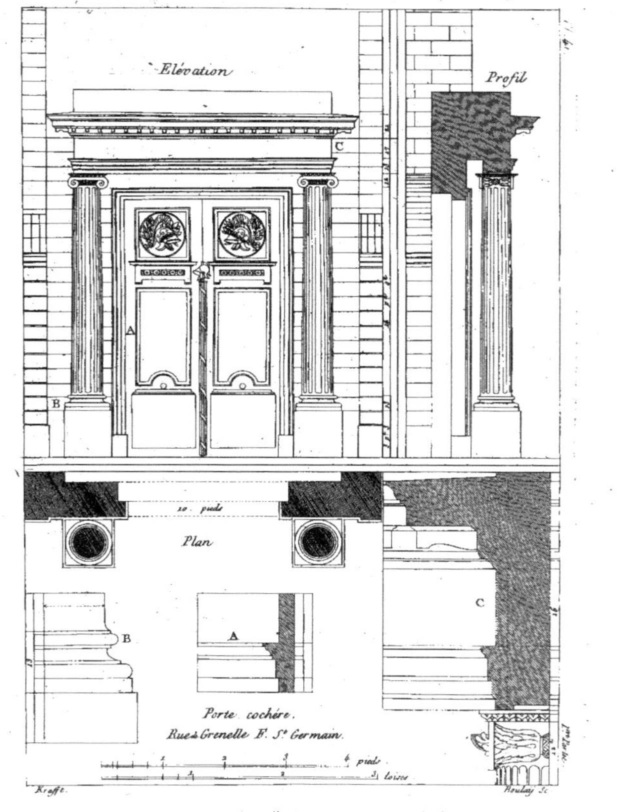
Pl. 61
Élévation
Profil
A
B
C
10 pieds
Plan
Porte cochére.
Rue de Grenelle F. S.t Germain.
pieds
toises
Krafft.
Boulay Sc.
1.re Partie.

Élévation
Profil
A
B
9 pd 3 p
Porte cochère, Rue St Dominique
Entablement
Plan
9 pd
Plan du Chapiteau
Chapiteau
3 pd
12 pd
Kraft
Boulay S.

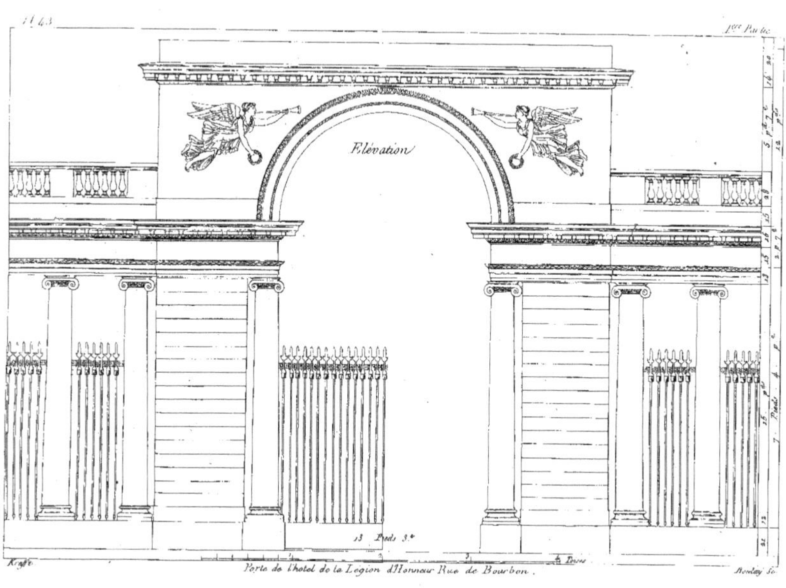


Kraft · Porte de l'hotel de la Legion d'Honneur Rue de Bourbon. · Boulay Sc.

Pl. 44
1re Partie
Profil
Plan
A
B
C
Détails
2 Pieds
3 6 9 12 pouces
6
12 Pieds
Détails de la porte précédente
Krafft
Boulay Sc

Place du Palais Bourbon.

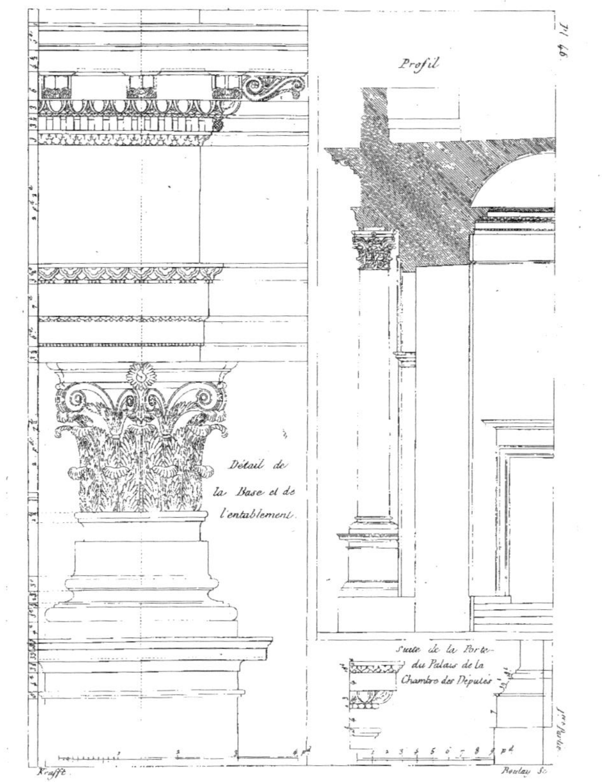

Pl. 46.
I.re Partie.
Profil
Détail de
la Base et de
l'entablement.
Suite de la Porte
du Palais de la
Chambre des Députés
Krafft.
Roulay Sc.

Krafft del. C. Joannes fils

Porte du Louvre.

Krafft. Percier & Fontaine arch. Boulay S.

Détail de la porte du Louvre.

Krafft.

Boullay S.

## SUPPLÉMENT AUX PORTES COCHÈRES ET PORTES D'ENTRÉES RECUEILLIES PAR J.-CH. KRAFFT.

### PLANCHE 51.

Plan et élévation de la Halle de déchargement de l'octroi de Paris, rue Chauchat, par M. Lusson.

La façade de cette Halle est presque entièrement occupée par sa porte, qui est l'une des plus grandes qu'il y ait à Paris. Sa dimension est telle que malgré qu'elle soit gravée ici sur une échelle moitié plus petite que celle de nos autres planches, elle paraît encore beaucoup plus grande. Ce motif de porte est d'un grand effet et bien étudié pour son usage, en ce qu'il présente deux ouvertures successives : l'une d'une grandeur colossale, facilite le tournant des voitures ; l'autre, d'une moindre dimension, mais gigantesque encore, donne entrée à la Halle ; l'intervalle qui sépare l'une de l'autre, forme une espèce de porche dont l'aspect est monumental et fort convenable à l'objet de sa destinaton. Cette façade n'est pas le seul mérite architectural de la Halle de la rue Chauchat ; si le cadre de notre ouvrage nous eût permis d'en donner la coupe, on aurait pu voir que le monument en entier répond à son objet et se recommande par cette unité de style si rare à rencontrer.

### PLANCHE 52.

Élévation et détails de l'Entrée du Passage Bourg-l'Abbé, rue Saint-Denis, par M. Lusson.

Lorsque toutes les villes commerçantes de France commencent à reconnaître les avantages des Passages et des Bazars couverts, nous avons pensé faire une chose utile en donnant la porte d'entrée de l'un de nos passages marchands. Celui de la rue Bourg-l'Abbé, par M. Lusson, nous a paru mériter la préférence, à cause de sa combinaison avec les boutiques qui l'avoisinent et parce qu'il sort des motifs des portes cochères proprement dites. Il a l'avantage de donner une porte cintrée et couronnée d'un balcon orné de consoles, qui se lient bien avec l'ajustement des boutiques, dont la base est carrée, combinaison qui offre toujours beaucoup de difficultés dans l'accord des lignes. On voit que l'architecte a voulu rendre sa façade aussi simple que possible, car il ne s'est permis aucun ornement ; elle n'en a pas moins un aspect très satisfaisant, on peut même dire fort agréable.

### PLANCHE 53.

Plan, Élévation et Coupe de l'Entrée du Passage de la Cité Bergère, rue du Faubourg Montmartre, n° 6.

Dans les travaux de l'architecture civile il se rencontre fréquement des localités tellement ingrates, que tout le talent d'un habile artiste ne saurait en triompher. L'entrée de la Cité Bergère en est une preuve, et si nous l'avons fait graver malgré les défauts qu'on peut lui reprocher, c'est à cause de son motif original qui mérite d'être reproduit, mais dans de plus heureuses circonstances. Comme on le voit sur le plan, il a pour but de laisser un libre passage aux voitures, et deux passages latéraux pour les gens de pied. Ce parti est fort convenable, mais il est fâcheux qu'il ait été mis en usage sur un emplacement trop exigu et soumis à des servitudes locales peu favorables ; il en est résulté un manque évident de proportion dans l'ordre Dorique, et que les entrées latérales sont étroites et l'arcade cintrée trop basse. Nous conseillerons donc aux personnes qui voudraient reproduire ce motif, de l'exécuter sur une plus grande échelle, de donner plus de largeur aux petites bayes, plus de hauteur à la grande, afin de donner à l'ordre plus d'importance, enfin de rendre le balcon moins lourd et plus fin d'étude; alors le tout prendra de l'importance, de l'accord, et présentera un ensemble fort satisfaisant.

L'arrachement du plan et de la coupe gravé auprès de l'élévation, fait voir que cette entrée est avec un motif de péristyle à colonnes. L'ordre et les colonnes sont également d'une trop petite dimensi

PLANCHE 54.

Plan, Elévation et Coupe d'une Porte bâtarde entre deux boutiques, rue de la Bourse, n° 9, par M. Heurteloup.

Deux motifs d'arrangement sont présentés sur cette planche: une porte bâtarde carrée entre deux boutiques à partie supérieure cintrée; un balcon saillant soutenu par des consoles entre deux balcons à petite saillie. La manière dont l'artiste a rempli son programme mérite des éloges, mais il n'en a peut-être pas tiré tout le parti possible. En voulant donner de l'importance aux boutiques, il a fait paraître un peu petite la porte d'entrée de la maison et la croisée au-dessus un peu maigre. S'il eût lié la porte avec la croisée, comme il a fait de la boutique avec l'entresol, l'artiste aurait donné plus d'importance à sa porte et serait arrivé, nous le pensons, à quelque chose de mieux que ce qu'il a fait. Toutefois nous reconnaissons dans sa composition un mérite véritable, que nos observations ne sauraient infirmer.

La menuiserie de la porte d'entrée est à panneaux, dont deux, au milieu, sont à jour pour donner de la clarté dans le vestibule; ils sont fermés de châssis en fer fondu; les devantures de boutique n'ont point de petits bois; des glaces, de deux morceaux, remplacent les verres ordinaires.

Le garde-fou du balcon du milieu est en fer fondu, les deux autres ont des balustres en pierre.

PLANCHE 55.

Trois motifs de Portes bâtardes, par MM. Nepveu, Grisard et Horeau.

Comme on peut le voir sur cette planche, ces trois portes ont le cachet de ce qui s'exécute aujourd'hui; elles rivalisent de richesse avec ce que les temples antiques offraient de plus magnifique en ce genre. Ceci pourra paraître ou un blâme ou un éloge, suivant qu'on aura ou n'aura pas le sentiment des convenances en fait d'art. Ce n'est point ici le lieu d'agiter et de résoudre cette grande question, notre mission est de faire connaître le goût du jour et ces trois motifs en sont le type. Pour être semblables d'intention, c'est-à-dire à chambranle et contre-chambranle et à console, elles n'en sont pas moins variées dans les profils et d'un effet très heureux et très différent. La fonte de fer, employée pour procurer du jour, n'en est pas la partie la moins intéressante et la moins bien ajustée. Dans la porte de la rue Neuve-Vivienne n° 45 gravée au milieu de notre planche, le besoin de donner beaucoup de jour a engagé l'artiste à étudier la partie en menuiserie comme si le tout était en fonte de fer ou en bronze, et à adopter pour son espèce d'imposte, aussi en fer fondu, un parti qui ne nous paraît pas être en harmonie parfaite avec le reste.

PLANCHE 56.

Plan, élévation et coupe d'une Porte-cochère, rue de la Chaussée-d'Antin, n° 31, par MM. Chatillon et Canissié.

Le motif de cette porte est d'un caractère sévère et bien étudié; il peut convenir à beaucoup d'habitations; les détails en sont heureux, principalement ceux de la porte en menuiserie. Peut-être l'ajustement des boutiques laisse-t-il quelque chose à désirer. Les balustres qui sont au-dessus ne nous ont pas paru produire un bon effet ; il en est de même du balcon en pierre soutenu par des consoles ; il est un peu maigre de proportion, ainsi que la corniche de l'imposte et l'architrave qu'on a voulu faire régner, avec l'entablement, au-dessus des boutiques placés à droite et à gauche de la porte-cochère. Les croisées de l'entresol sont bien ajustées, il en est de même de l'imposte dormant et à jour.

Nous avons donné deux coupes de cette décoration ; l'une est prise dans l'axe de la porte-cochère et indique le balcon, l'autre sur le milieu de l'une des boutiques, dont elle fait voir l'ajustement et les profils.

### PLANCHE 57.

Grande Porte entre deux boutiques, rue Vivienne, par M. Grisard.

Cette porte, à consoles, à chambranle et contre-chambranle, à corniche à modillons, est surmontée d'un balcon à balustres en pierre. Elle est à demi - bâtarde, car elle n'est pas destinée à donner entrée aux voitures. Vue en détail elle paraît bien étudiée, mais vue d'ensemble elle fait moins de plaisir. On croit y voir une double combinaison, dont le principal but aurait été de disposer le mieux possible, dans une baye qui n'avait pas les dimensions voulues pour la recevoir, une porte en menuiserie exécutée pour une autre destination. Ce qui nous le donne à penser, ce sont ces pilastres en bois, non motivés par la façade, qui paraissent y avoir été ajoutés dans l'unique but de rétrécir la baye, et cet imposte qui est en désaccord avec la porte. Le balcon qui surmonte cette porte offre, dans les pilastres qui le terminent, un exemple de porte-à-faux, que l'on doit généralement éviter.

### PLANCHE 58.

Deux Portes-cochères, l'une rue de Londres, n° 31, l'autre rue Las-Cases.

Nous ignorons le nom des architectes à qui l'on doit ces deux jolis motifs de portes. Celui de la rue de Londres, avec deux avant-corps simples formant pilastres, est très modeste et très convenable ; il a l'avantage de pouvoir s'arranger avec toutes les hauteurs. Peut-être pourrait-on lui reprocher un peu de lourdeur. Celui de la rue Las-Cases est dans le style Florentin. La forme tourmentée de ses refends n'est pas heureuse, non plus que celle des voussoirs ; un peu plus d'élévation à la clef eût permis d'arranger ce motif d'une manière plus grandiose. La richesse et le style des panneaux en fer fondu nous paraît nuire à la sévérité du caractère architectural de la composition. Les deux portes bâtardes, destinées aux piétons, s'arrangent assez bien avec la porte-cochère ; l'espèce d'œil-de-bœuf au-dessus est moins bien ajusté ; quoiqu'il en soit de nos observations, ce motif de porte-cochère, étudié avec soin, est susceptible de devenir très bien ; les données en sont bonnes.

### PLANCHE 59.

Elévation de la porte de l'hôtel Forbin-Janson, rue de Grenelle St.-Germain, par M. Visconti.

Cette porte, qui convient à une habitation fastueuse et riche d'architecture, est composée de deux colonnes Corinthiennes supportant un entablement complet, orné de sculptures et surmonté de deux socles. Les colonnes sont en saillie sur l'avant-corps du milieu, elles reposent sur un simple dé, dont la hauteur détermine celle de la rentrée de la façade générale. Deux trophées d'armes, en avant desquels sont des génies ailés, accompagnent cette riche ordonnance et lui donnent un caractère guerrier que fortifie la décoration de l'archivolte et de la porte en menuiserie, dont toutes les sculptures tendent au même but. Ces trophées occupent l'enfoncement formé par le corps saillant du milieu de la composition dans lequel est pratiqué l'entrée de l'hôtel, et celui des deux extrémités de la composition qui est percé de deux croisées (faute d'espace notre gravure n'en laisse voir qu'une). Ces avant-corps sont liés à celui du milieu par des grilles ayant la hauteur du soubassement continu. Au-dessus de la porte est une tablette destinée à recevoir une inscription; les murs, à droite et à gauche de la porte, sont terminés par une corniche, avec une frise, ornée de palmettes, qui prend toute la hauteur des chapiteaux, de manière à laisser dominer la porte.

On ne peut que louer le caractère de cette ordonnance qui décèle une main habile et accoutumée à produire de beaux et riches effets. Les seules parties sur lesquelles une critique sévère pourrait trouver à s'exercer, seraient la corniche continue qui courronne le mur de la cour, dont la proportion est un peu maigre, et les trophées qui sont placés un peu bas et dont la forme est allongée outre mesure. Peut-être aussi y a-t-il quelque lourdeur dans la corniche de l'ordre.

### PLANCHE 60 ET DERNIÈRE.

Portes gothiques, rue des Marmouzets-St.-Marcel et rue de la Licorne, en la Cité.

Lorsque les idées du jour portent les artistes vers l'imitation des monumens du moyen-âge et de la renaissance, nous considérons comme une bonne fortune la rencontre que nous avons faite des deux jolis exemples de portes gravés sur cette dernière Planche.

Si l'on en croit la tradition populaire, la maison à laquelle appartient la première de ces portes aurait été habitée par la reine Blanche. Laquelle? est-ce la mère de saint Louis? On en doit douter, si l'on considère le caractère architectural de ce qui a survécu; car ce caractère rappelle bien plutôt les productions de la fin du XIV$^{e}$ siècle que celles du commencement du XIII$^{e}$.

Le fragment de décoration que nous en offrons se voit au fond d'une cour située entre la rue des Marmouzets et la rue St.-Hippolyte. Il représente l'entrée de la maison. La porte, en bois, est on ne peut mieux ajustée, les sculptures en sont de bon goût; mais elles n'ont pas cette pureté de formes que cent ans plus tard un J. Goujon aurait su leur donner.

La porte gothique tirée de la rue de la Licorne, quoique inférieure en mérite à la précédente, n'en est pas moins digne d'être étudiée, surtout quand il s'agira d'en appliquer le motif à quelque monument religieux en restauration. Par son caractère elle convient très bien à une chapelle, à un presbytère, à un hospice, à une école chrétienne, en un mot à tout édifice consacré à la piété ou à la charité. Exécutée sur une échelle un peu grande, elle ne perdrait rien de sa grâce. Comme à l'exemple précédent, aux deux côtés de la porte s'élèvent des clochetons d'un effet pittoresque, avec cette différence qu'ici ces clochetons ont un ornement sculpté pour base. La niche placée au-dessus de la porte pourrait au besoin être supprimée; conservée, elle servirait à placer le statue du patron du lieu, ou, comme primitivement celle de la Sainte Vierge et de son Fils.

FIN.

Halle de déchargement de l'Octroi de Paris, Rue Chauchat

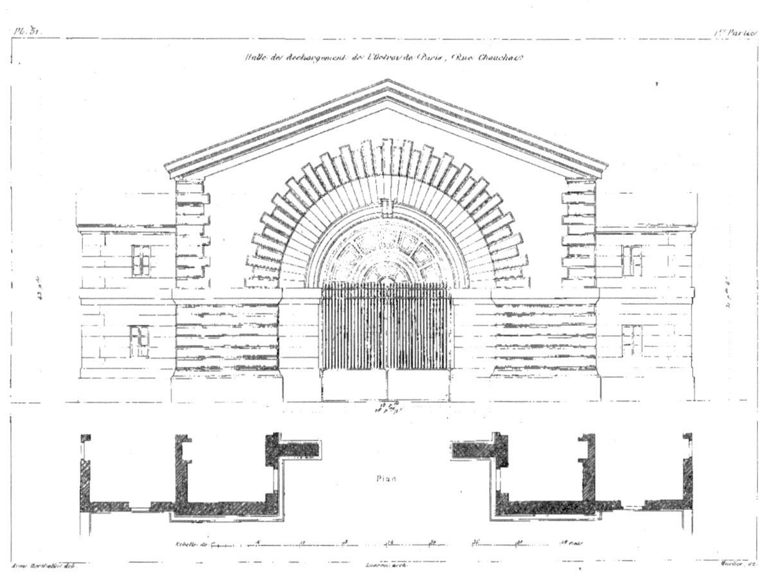

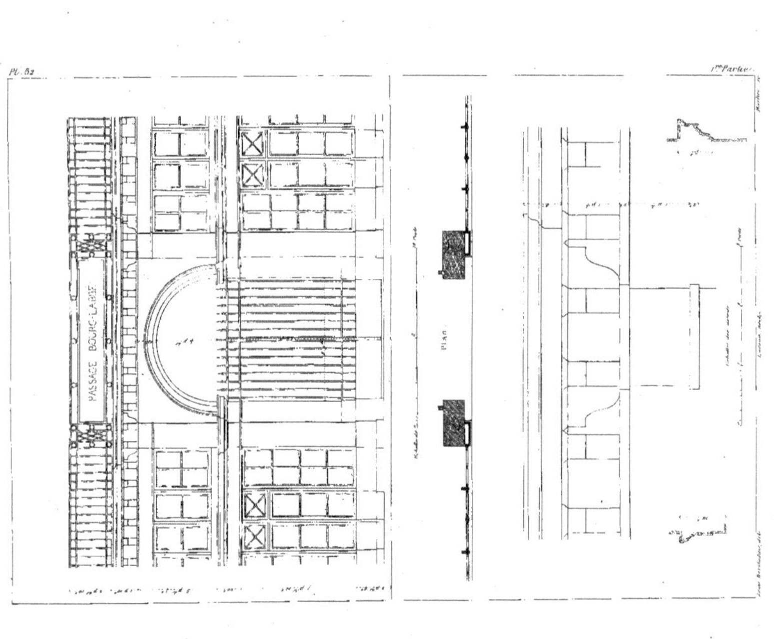

Pl. 82
1re Partie
PASSAGE BOURG-L'ABBÉ
Plan

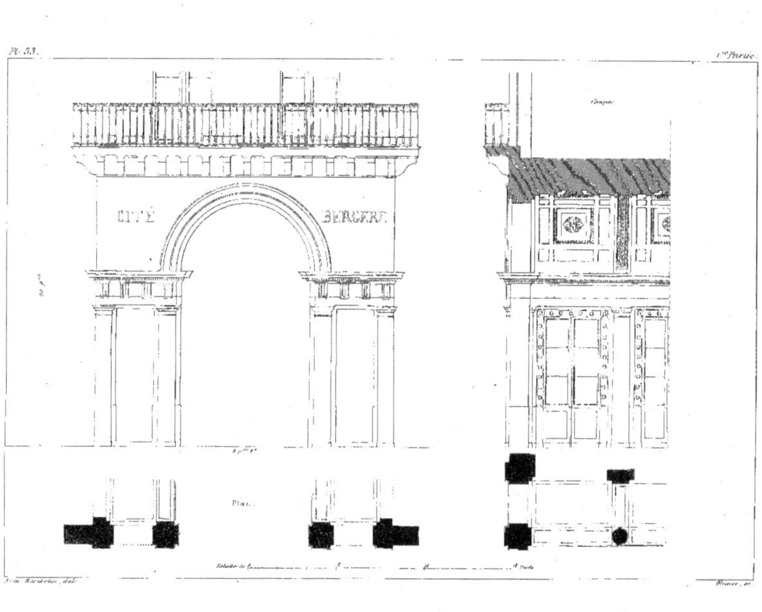
Coupe.
CITÉ
BERGERE
Plan.

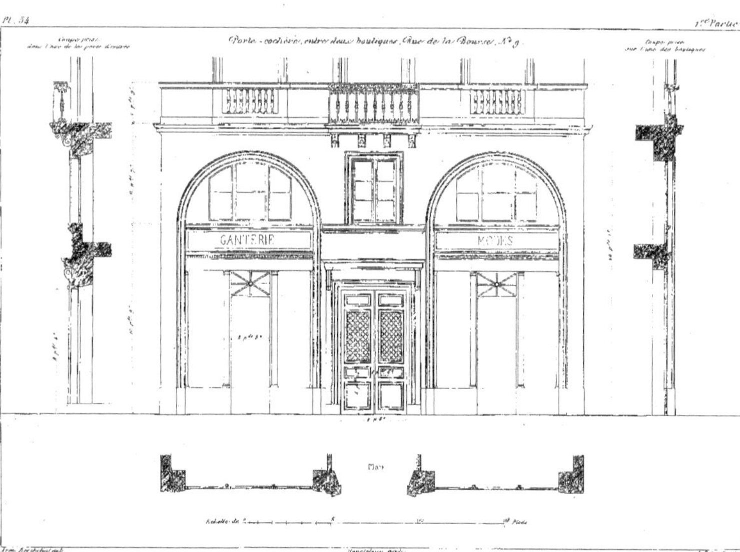
Pl. 34
1re Partie
Porte-cochère, entre deux boutiques, Rue de la Bourse, N° 9.
GANTERIE
MODES
Plan

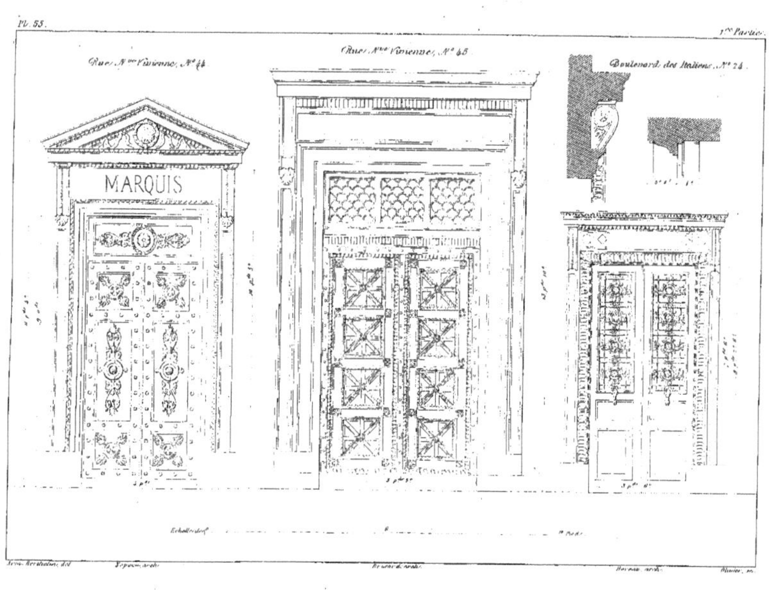

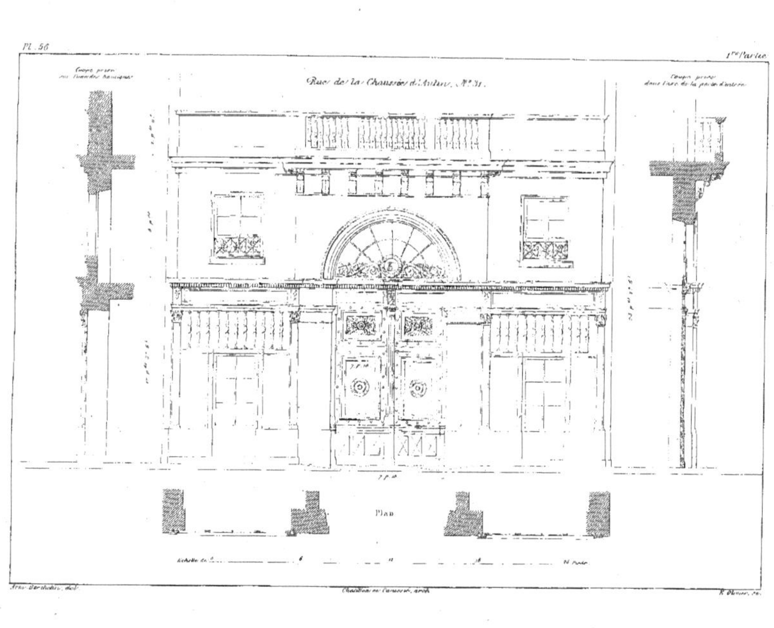
Rue de la Chaussée d'Antin, N° 31.
Plan

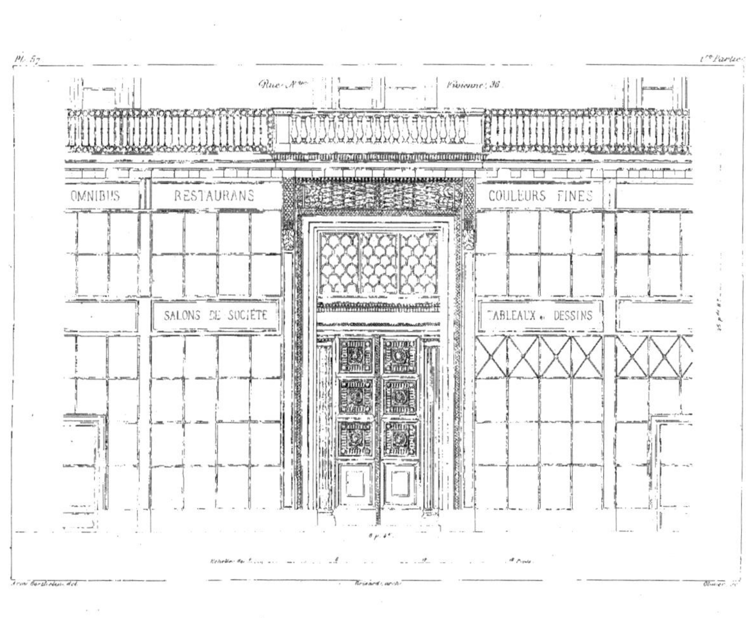
Pl. 57
1re Partie
Rue Neuve Vivienne, 36
OMNIBUS
RESTAURANS
COULEURS FINES
SALONS DE SOCIÉTÉ
TABLEAUX et DESSINS

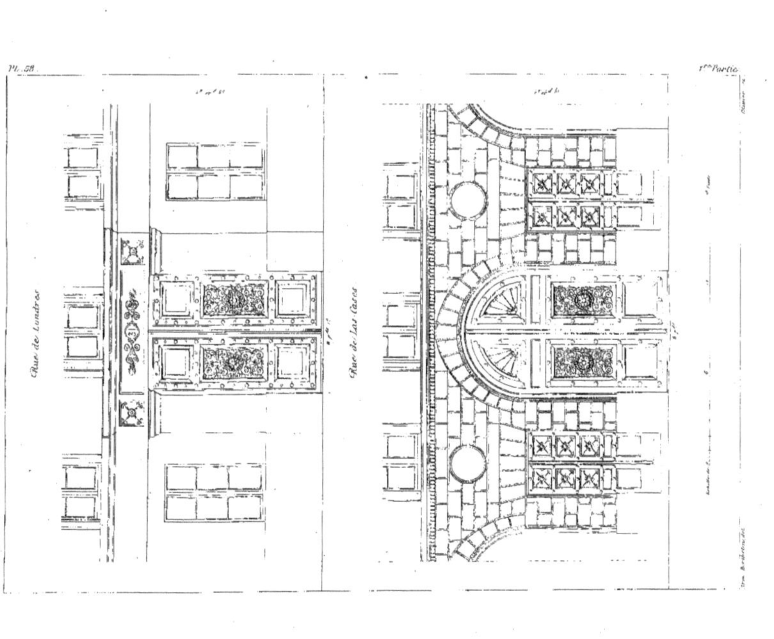
Pl. 58.
1re Partie
Rue de Londres
Rue de Las Cases

Porte de l'Hotel Forbin Janson, Rue de Grenelle S.t G.

Arm. Berthelus del.

Normand fils sc.